Feuerbohnen und Fiebertraume

Gewidmet meinem kleinen Bruder Peter.
Wie angenehm ist es, in den Tag hineinzuleben,
zu spielen, zu lachen, zu träumen
und so manches nicht zu verstehen.

Dank unserer jungen, zuversichtlichen Eltern erlebten mein
Bruder und ich sorglose Tage in einer schwierigen Zeit.

Marie Rauch

Feuerbohnen und Fieberträume

Sorglose Tage

Bibliografische Information der Deutschen Nationalbibliothek:
Die Deutsche Nationalbibliothek verzeichnet diese Publikation in der
Deutschen Nationalbibliografie; detaillierte bibliografische Daten
sind im Internet über dnb.dnb.de abrufbar.

Verlag: BoD · Books on Demand GmbH, In de Tarpen 42,
22848 Norderstedt, bod@bod.de

Druck: Libri Plureos GmbH, Friedensallee 273, 22763 Hamburg

ISBN: 978-3-7597-8854-2

Inhalt

Unser Dorf

Unsere Eltern, mein Bruder und ich, wir wohnen in einem kleinen Dorf in der Heide. Unser Haus steht in der Uferstraße. In der linken Hälfte des Hauses wohnen wir, rechts daneben wohnt die Familie Hoffmann. Das Ehepaar Hoffmann hat drei schon erwachsene Kinder, zwei Töchter und einen Sohn. Die beiden Töchter haben geheiratet und sind mit ihren Männern ausgewandert, eine nach Neuseeland, die andere nach Kanada. Nur der erwachsene Sohn blieb bei den Eltern zu Hause. Mit Frau Hoffmann verstehen wir uns sehr gut, jedes Jahr zum Muttertag gibt sie meinem Bruder und mir einen Tulpenstrauß für Mama. Frau Hoffmann kennt viele Kräuter und auch die meisten Pilze, die bei uns wachsen.

Wenn wir mit unserem Auto starten wollen, dann kommen die Hoffmanns und noch einige andere Nachbarn zum Anschieben.

In unserer Familie wird viel gelacht, manchmal auch gestritten, und am Abend liest Mama uns beiden vor. Lange Zeit hat Mama uns die Märchen der Gebrüder Grimm, später auch die Märchen von Christian Andersen vorgelesen. Seit dem letzten Weihnachtsfest haben wir ein neues Vorlesebuch: Robinson Crusoe.

Robinson war ein junger Mann, der fremde Länder kennenlernen und viel erleben wollte. Er verließ sein Elternhaus und ging zur See. Bei einer großen Reise geriet das Schiff in einen

gewaltigen Sturm und sank. Mit sehr viel Glück überlebte er
den Schiffbruch und strandete auf einer kleinen Insel.[1]

In unserem Dorf wohnen sehr viele Kinder und in den meisten Gärten befindet sich eine Spielecke für uns, wo wir alle spielen können. Bei uns im Garten ist eine große Sandkiste mit weißem Sand, bei meiner Freundin Ditha – die eigentlich Editha heißt, aber von allen Ditha genannt wird – steht eine großartige Schaukel, mit der man unglaublich hoch schaukeln kann, und im Garten von Hans-Jürgen und Renate eine lange Wippe. Beim Wippen kann derjenige, der schwerer ist, seinen Partner oben hängen lassen, und das wird auch mit viel Vergnügen getan.

Auf der anderen Seite des Dorfes sind die vielen Kleingärten, die eingezäunt und mit einem dicken Vorhängeschloss versehen sind. Auf dem Gartenland unserer Eltern wachsen in jedem Jahr duftende Tomaten, dicke gelbe Kürbisse, Erbsen, Karotten, Buschbohnen und dann an den hohen Bohnenstangen die herrlichen Feuerbohnen, die üppige Mengen von feurig roten Blüten treiben. Diese Blüten gefallen mir sehr, am liebsten würde ich sie pflücken und zu Hause in eine Vase stellen, doch das geht natürlich nicht, denn wir wollen die Bohnen ja ernten.

Etwas weiter weg, hinter den Kleingärten ist eine große Grube. Von hier holen alle, die eine Sandkiste haben, den weißen Sand zum Spielen. Eine gefährlich überhängende Grassode hat sich gebildet, weil alle nur den weißen Sand von weit unten rausschaufeln. Wir dürfen nur mit unseren Eltern hier Sand holen, weil die große Sode schon bald abbrechen könnte.

Auf der anderen Seite der Dorfstraße wird die Warnau zu einem

---

1 Meine Mutter hat uns regelmäßig aus dem Buch *Robinson Crusoe* von Daniel Defoe vorgelesen und es spielte eine große Rolle in meiner Kindheit. Die hier angegebenen Passagen habe ich gekürzt nacherzählt.

See aufgestaut. Neben dem See steht die Mühle, und an der Seite vom Mühlenhaus dreht sich ein glitschiges Mühlenrad, an dem triefende braune Algen hängen. Oben im Mühlenhaus wird ratternd das Korn gemahlen und alles ist weiß mit Mehl eingestäubt. An diesem Mühlenteich wachsen die saftigsten Holunderbeeren und außerdem stehen hier noch einige Hagebuttensträucher. Im Winter, bei klirrendem Frost, können wir auf dem Teich wunderbar glitschen und Schlittschuh laufen.

Es ist egal, welche Jahreszeit ist, für uns Kinder gibt es in unserem schönen Dorf unendlich viele Möglichkeiten zum Toben und zum Spielen.

Alles, was man braucht

Unser Dorf ist nicht groß, aber es gibt dort alles, was man braucht: einen Lebensmittelladen, einen Milchladen, eine Drogerie, einen Bäcker, einen Frisör und die Post.

Mein Vater und Onkel Clemens betreiben gemeinsam den Lebensmittelladen unseres Dorfes. Ein Schild mit der Aufschrift »Edeka« hängt über der Eingangstür. Tante Inge ist hier Verkäuferin, sie verkauft alles Lebensnotwendige. Beim Verkauf trägt sie stets einen weißen Kittel. Mit einem zarten Klingelton betritt man den Verkaufsraum in einem kleinen Holzhaus. In der Mitte des Ladens steht der Verkaufstresen. Auffällig ist die große weiße Waage auf dem Ladentisch mit einem langen roten Zeiger. Hinter dem Ladentisch ist ein Schrank mit vielen Schubladen für Lebensmittel: Mehl, Zucker, Reis, Haferflocken, Grütze und noch vieles mehr. Griffbereit an der Seite steht ein rotbrauner Kasten mit schwarzem Tee, daneben ein schwarzbrauner Metallkasten mit Kaffeebohnen. Um diese zu mahlen, hat jeder Haushalt eine Kaffeemühle. Bei uns hängt die Kaffeemühle an der Küchentür. Oben werden die Kaffeebohnen eingefüllt, anschließend wird mit einer Handkurbel gedreht. Unten an der Kaffeemühle ist eine Glasschublade und hierein fällt der gemahlene Kaffee. Am Sonntagnachmittag duftet es bei uns im ganzen Haus nach frischem Kaffee.

Aber wir Kinder interessieren uns nicht so sehr für den Kaffee. Uns verlockt vielmehr der Stapel von Schokoladentafeln, der auf dem Ladentisch hinter einer Glasscheibe liegt, und die bunten Bonbons in den Gläsern daneben. Doch diese Süßigkeiten bekommen wir natürlich nur zu besonderen Anlässen. Unten an der Seite steht ein Eimer mit Vierfruchtmarmelade und ein anderer Eimer mit eingelegten Gurken. Ein massives Regal voller Konservendosen mit Tomatenmark, Gemüse und Obst steht an der Wand. Auch einige Flaschen mit Essig und Öl stehen im Regal. In einer Schublade befinden sich kleine Päckchen mit gemahlenem Pfeffer, Backpulver, Puddingpulver, Kümmel und – sehr wichtig – Maggi-Würfel. An einem Wandhaken hängt ein Bündel mit Erbswürsten.[2] Sogar ein paar Flaschen Wein liegen zum Verkauf bereit.

»Ihr beide seid kleine Feinschmecker«, meint Papa. Mein Bruder isst besonders gern Tomatenmark mit etwas Salz als Brotaufstrich, während ich lieber ein süßes Zuckerbrot esse. Auf eine dünn mit Margarine bestrichene Brotscheibe wird Zucker gestreut, sehr lecker. Außerdem ist eines meiner Lieblingsessen eine cremige Suppe aus einer Erbswurst.

Mit einer kleinen hölzernen Schaufel wird die lose Ware in eine große oder kleine spitze Tüte gefüllt und abgewogen. Der Preis dafür wird auf einem Zettel notiert, ein Posten nach dem anderen. Zum Schluss wird alles zusammengerechnet und bezahlt. Manchmal wird die Summe auch in dem grünen Schuldenbuch angeschrieben und später beglichen.

Außerdem gibt es bei uns im Dorf noch den Herrn Willmer, der hat eine Maschine, mit der man Dosen verschließen kann. Das »Einwecken« wird dann überflüssig. Das gekochte Gemüse wird in eine Dose gefüllt, Herr Willmer legt einen Deckel darauf, dann wird die Dose eingespannt und eine Kurbel betätigt, sodass zwei Rädchen den Deckelrand und den Dosenrand miteinander

---

2   Eine Erbswurst besteht aus gewürztem Erbsenmehl, das wurstförmig zusammengepresst und verpackt wurde. Portionsweise in Wasser zerdrückt ist schnell eine leckere Suppe oder auch ein Erbsenpüree zubereitet.

verzahnen. Das macht man aber nur, wenn es zu viel zum Einwecken gibt, denn das Dosenverschließen ist sehr teuer.

Frau Willmer bietet die Reparatur von Nylonstrümpfen an. Mit einer filigranen Häkelnadel werden die Laufmaschen wieder aufgenommen, eine Masche nach der anderen. Das lohnt sich immer bei den teuren Nylonstrümpfen.

In unserem Dorf können alle Wünsche erfüllt werden, sogar die kompliziertesten Reparaturen sind möglich.

Badefest

Unser Abendbrot essen wir immer in der Küche, in der es meist sehr lecker riecht. Mama kocht, backt, weckt ein, saftet, und alles duftet so herrlich. Auch der täglich frisch gebrühte Malzkaffee verströmt einen wunderbaren Geruch. Letzte Woche wurden die Wände in der Küche auch noch neu gerollt, das sieht wirklich frisch und freundlich aus. Das ist ganz einfach. Wenn einem die Wände in der Küche nicht mehr gefallen, dann nimmt man einen Emailleeimer mit einer für die Küche geeigneten Farbmischung, die mit Wasser angerührt wird. Das Pulver für die verschiedenen Farben bekommt man in der Drogerie. Anschließend taucht man eine gemusterte Tapetenwalze in den Farbeimer und rollt dann das farbige Muster auf die Wand. Das sieht sehr gut aus, genauso schön wie eine neue Tapete. Der dunkelrote Linoleumfußboden in der Küche ist glatt poliert, weil mein Bruder und ich nach dem Bohnern mit alten Strümpfen so lange über den Fußboden schlittern, bis er blitzblank ist.

Vor dem Fenster steht unser Esstisch. Rechts auf dem Küchentisch ist unsere Brotschneidemaschine befestigt, die kann man runterklappen, wenn das Brot geschnitten ist. Mit einem kreisrunden Messer, das durch eine Handkurbel gedreht wird, schneidet Mama die Brotscheiben ab. Auf der linken Seite des Tisches sitzen mein Bruder und ich, und zwar auf einer behaglichen Holzbank. Papa hat sie für uns beide gebaut, eine sehr bequeme Bank mit Rückenlehne und Fußbrett. So sitzen wir beide etwas erhöht und auf Augenhöhe mit unseren Eltern am Tisch. Ich fühle mich so wohl auf unserer Bank, nach links schaue ich aus dem Fenster, ich sehe sofort, wenn Freunde kommen, rechts neben mir sitzt mein Bruder, dem ich gleich alles berichten kann. Vor dem Tisch sitzen Mama und Papa. An der Wand hinter unserer Bank hängt ein lustiges Bild in einem blauen Bilderrahmen. Man sieht auf diesem Bild drei hungrige Kinder mit Messer und Gabel an einem Esstisch sitzen. Davor steht die Mutter mit einer leeren Bratpfanne in der Hand, im Hintergrund sieht man einen Angler, der wohl bislang noch nicht den Fisch gefangen hat, auf den alle auf dem Bild so dringend warten.

Heute beeilen wir beide uns beim Abendbrot, denn wir freuen uns auf unser Badefest. Schnell noch ein Kapitel aus dem Robinsonbuch.

Eine riesige Welle trug Robinson an den Strand, wo er ohnmächtig liegen blieb. Als er erwachte, kletterte er für die Nacht auf einen Baum, um sicher vor wilden Tieren zu schlafen. Am nächsten Morgen sah Robinson einen Teil des Wracks ganz nah am Strand. Er baute sich ein Floß, fuhr hinüber und fand auf dem Wrack Lebensmittel, Werkzeuge, Gewehre, ein Fernrohr und ein Beutelchen Getreide, das auf dem Schiff als Hühnerfutter gedient hatte. Zum Schluss fand er noch den Schiffshund, den verängstigten Spitz. Er brachte alles an Land, und jetzt wurde Robinson klar, dass er und der Hund die einzigen Überlebenden dieses Schiffsuntergangs waren.

Nach dem Vorlesen sammeln wir unsere Badesachen zusammen: Waschlappen, Kernseife, Schwamm, Siebe, Töpfe, Schneebesen, Bürsten. Alles kommt mit in die große Wanne in der Waschküche, die sich direkt neben der Küche befindet. Die große Zinkwanne ist randvoll mit angenehm warmem Wasser gefüllt. Mein Bruder und ich sitzen uns gegenüber und sofort fangen wir an zu plantschen und zu spritzen. Das Wasser wird gesiebt und umgegossen. Die Kernseife nutzen wir dazu, aus Seifenschaum Sahne zu schlagen. Wenn wir untertauchen, kneifen wir die Augen fest zu, damit das seifige Wasser nicht zu sehr in den Augen brennt. Bei der Planscherei bemerken wir überhaupt nicht, dass das Wasser immer kühler wird. Doch dann kommt Papa mit einem großen Metalleimer und holt kochendes Wasser aus dem Waschkessel. Wir beide müssen kurz aus der Wanne, damit Papa das heiße Wasser gleichmäßig verteilen kann. Und weiter geht es mit unserem nassen Vergnügen, bis unsere Finger schrumpelig werden. Zum Schluss werden unsere Haare mit Kernseife gewaschen und anschließend sehr lange mit einem Handtuch trocken gerubbelt. Und dann geht es ganz schnell ab ins Bett. Unser Badefest ist wirklich ein wunderbares Vergnügen.

Aber noch viel, viel schöner ist es, wenn wir nicht am Sonnabend, sondern am Sonntag baden können. Das kommt leider nur sehr selten vor, nämlich dann, wenn unsere Eltern am Samstag eingeladen sind oder wenn sie selbst Gäste haben. Der Sonntag ist der schönste Tag der ganzen Woche und das abschließende Badefest ist die Krönung eines wundervollen Tages. Das fängt schon mit dem Sonntagsfrühstück an. Es gibt ein gekochtes Ei, und unser Brot wird geröstet. Eine Scheibe Feinbrot wird auf die Herdplatte gelegt, bis sie ein bisschen gebräunt ist. Schnell richtige Butter darauf, zum Schluss noch Marmelade auf die warme buttrige Scheibe. In der Woche gibt es Margarine auf Brot, am Sonntag immer Butter. Schmeckt köstlich, das warme Brot mit dem Butter-Marmeladen-Gemisch. Unsere Eltern trinken echten Bohnenkaffee und wir beide trinken Kakao.

Dann geht es raus zum Spielen, bis zum Mittagessen. Am Sonntag gibt es oft einen Braten mit sehr viel Sauce, Gemüse und Kartoffeln. Und anschließend folgt noch der Nachtisch, Vanillepudding mit Kirschkompott. Nach dem Mittagessen warten wir auf den Kinderfunk im Radio. Zuerst hören wir aber jeden Sonntag den Suchdienst, eine Sendung, die auch an jedem anderen Tag der Woche mittags gesendet wird. Eltern suchen ihre Kinder oder Kinder suchen ihre Eltern. Ich wundere mich oft, dass manchmal sogar ältere Kinder nicht wissen, wie sie wirklich heißen. Ein Mädchen von ungefähr sieben Jahren wird vorgestellt, das weder seinen Namen noch seinen Geburtstag kennt. Es wird genau beschrieben, wie dieses Kind aussieht, es hat blonde lockige Haare, blaue Augen, eine kleine Narbe auf der linken Hand. Manchmal wird auch noch gesagt, wo das Kind gefunden wurde. Mama hat uns erklärt, dass dieses Mädchen ganz bestimmt nicht dumm ist. Diese Kinder haben ihre Eltern im Krieg verloren, als sie noch sehr klein waren. Das war eine überaus schreckliche Zeit. Durch die unermüdliche Arbeit des Suchdienstes finden so sehr viele Kinder ihre Eltern wieder, und das ist doch eine wunderbare Belohnung für so viel Arbeit, hat Mama gesagt.

Nun kommt aber wirklich der Kinderfunk. »Der gestiefelte Kater«, spannend vorgelesen von Onkel Eduard. Ich finde es so schön, wenn der Sohn des Müllers zum Schluss die schöne Prinzessin zur Frau bekommt, und der Kater wird sein Minister. Bis zum Abend spielen wir noch im Garten bei meiner Freundin Ditha, dort befindet sich die bei uns Kindern so beliebte riesige Schaukel. Zwei lange Drahtseile sind ganz oben an den beiden nebeneinanderstehenden Fichten angebracht, unten ist dann ein massives Sitzbrett befestigt. Mit dieser Schaukel kann man so hoch schaukeln, dass man das wunderbare Gefühl hat zu fliegen.

Nach dem Abendbrot kommt endlich unser Badewannenfest, so lange, bis wir beide durchgeweicht und ganz und gar sauber sind. Am Abend im Bett möchte ich noch mit meinem Bruder ein selbst gemachtes Lied singen. Aber ich glaube, mein Bruder ist schon eingeschlafen. Außerdem mag er meine selbst erdachten Lieder nicht so gern.

Dann singe ich eben allein.

>>Du la, du la, du la, du la la,
du la, du la, du la, du la la,
du du la la, du du la la,
du du la la, du du la la.<<

Ostern

Zu Ostern fängt der Frühling an und bald danach kommt auch schon Pfingsten. Die weißen Buschwindröschen blühen im Wald und am Wegesrand. Dicke pralle Knospen an den Kastanienbäumen warten auf ein paar warme Tage, um endlich die Blätter zu entfalten und die weißen Blütenkolben rauszuschieben.

Bei uns zu Hause gibt es den alljährlichen Kampf darum, ob es jetzt schon warm genug ist, die ungeliebten langen braunen Kratzestrümpfe endlich ausziehen zu dürfen. »Alle anderen haben schon Kniestrümpfe an, nur wir beide haben noch lange Strümpfe an«, nörgele ich. »Noch bis morgen«, sagt Mama, und damit sind wir beide hochzufrieden, denn in Wirklichkeit haben gestern in der Schule noch sehr viele Kinder die langen braunen Strümpfe getragen.

In der letzten Woche haben mein Bruder und ich in einem alten Marmeladeneimer im Wald auf der anderen Seite der Warnau Moos gesammelt. Draußen vor unserem Wohnzimmerfenster bauen wir beide jedes Jahr in einer Reihe unsere Osternester aus Moos auf. Jeder hat fünf Nester zu bauen. Für den Osterhasen haben wir noch ein paar Möhren in die Nester gelegt. Eigentlich glauben wir beide natürlich nicht mehr an den Osterhasen, dafür sind wir wirklich schon viel zu groß. Aber es bringt so viel Spaß, die Nester zu bauen. Noch mehr Freude macht es, am nächsten Morgen die gefüllten Nester zu suchen, und ich glaube, es freut unsere Eltern auch ein bisschen, wenn wir jubelnd von einem zum nächsten entdeckten Nest laufen. Es dauert lange, bis wir endlich alle zehn Nester gefunden haben. Dann werden die Süßigkeiten und die bunten hart gekochten Hühnereier gerecht geteilt.

Am Ostersonntag ist mir meistens schon am Vormittag übel, denn ich esse immer zu viele Süßigkeiten. Mein Bruder teilt sich die Leckereien besser ein und hat so viel länger etwas davon. Am Sonntagvormittag haben wir jedenfalls richtig viel Zeit zum Schleckern und zum Spielen mit unseren Freunden. Am ersten Feiertag gibt es natürlich falschen Hasen, eine wunderbare Mahlzeit, die wir immer zu Ostern essen. Das ist ein großer Hackbraten mit einem gekochten Ei drin. Langsam wird der falsche Hasenbraten im Backofen gegart und verbreitet einen appetitlichen Duft. Schmeckt köstlich, eine Scheibe von dem knusprigen Braten mit dem kräftig gelben Eidotter in der Mitte.

Am Nachmittag besuchen wir Tante Hanne, bei der wir Kinder sehr gerne sind. Tante Hanne wohnt mit ihrer alten Mutter in Walsrode in der Moorstraße. Heute hat Tante Hanne eine Ananastorte gebacken. Mein Bruder und ich haben noch nie Ananas gegessen. Das ganze kleine Esszimmer duftet nach dieser appetitlichen Torte. Ananastorte mit Sahne. Für die Erwachsenen gibt es guten Kaffee, für uns beide gekauften Apfelsaft. Tante Hanne weiß schon, wie man richtig feiern kann.

Sie hat einen Laden, in dem sie Schnittmusterhefte und Strickmusterhefte und überhaupt alles, was man zum Schneidern und Handarbeiten braucht, verkauft. Mama bekommt immer die neuesten Schnittmuster von ihr. In diesem Laden halte ich mich sehr gerne auf und ich sehe mir alles ganz genau an.

Auf einem Bord an der hinteren Wand liegen einige Rollen mit bunten Litzen, Borten und Bordüren, direkt daneben hängt an einem Haken ein stabiler Messstab aus Holz. Auf der anderen Seite ist ein ganzes Regal voll mit Wollsträngen in vielen Farben. In der obersten Schublade unter der großen silbernen Kasse sind lange und kurze Reißverschlüsse mit blinkenden Metallzähnen.

In der zweiten Schublade sind sehr viele Knöpfe, ich glaube, das sind bestimmt tausend, nach Farben in kleine Fächer sortiert. Dann noch eine Menge Nähnadeln, Strick- und Häkelnadeln. Sehr wichtig sind auch die großen und kleinen Stopfpilze[3] aus Holz, die in einem Korb neben der Kasse liegen. Diese Kasse ist recht beeindruckend. Oben tippt Tante Hanne eine Zahl ein, dann dreht sie die Handkurbel an der Seite einmal herum, sofort springt mit einem Klingelton die Geldschublade auf, und dann kann man das Geld in die kleinen Fächer legen. Ich habe Tante Hanne erzählt, dass ich auch so einen Handarbeitsladen haben möchte, wenn ich erwachsen bin. Mein Bruder hingegen möchte Bürgermeister unseres Dorfes werden, vielleicht auch Eisenbahn-schaffner, das weiß er noch nicht sicher, und er überlegt das sehr genau. Tante Hanne hat gesagt, dass sie es gut findet, dass wir beide schon wissen, was wir später einmal werden wollen. An diesem Nachmittag wird noch lange erzählt und viel gelacht. Zum Schluss trinken die Erwachsenen sogar noch ein kleines Likörchen.

Später am Abend liest Mama uns weiter aus dem Robinson-buch vor.

Am nächsten Tag kletterte Robinson auf einen Berg, um genau zu sehen, wo er gelandet war. Er sah eine hügelige, von Urwald bewachsene Insel. Jetzt musste er sich eine Hütte bauen, um sicher vor wilden Tieren und Unwettern zu sein. Auf einem Berg fand er einen geeigneten Bauplatz. Von hier konnte er das Meer beobachten, falls sich ein Schiff der Insel näherte. Mit großer Mühe baute Robinson eine Unterkunft für sich selbst, den Hund und seine Vorräte. Einen Holzpfahl nahm er als

---

3   Ein Stopfpilz ist ein handlicher, hölzerner Pilz. Das Strumpfloch wird über den Pilz gezogen und kann dann ausgebessert werden.

*Kalender, jeden Tag schnitt er eine Kerbe in das Holz, jeden
Sonntag einen dickeren Schnitt.*

Am Ostermontag gehen wir mit unseren Eltern auf die Blumen-
wiese. Mein Bruder und ich laufen immer ein Stück voraus, dann
wieder zurück, weil unsere Eltern so langsam sind. Es geht leicht
bergan. Unten auf der Wiese wachsen Vergissmeinnicht, Sumpf-
dotterblumen und wilde Minze, weiter oben dann Primeln,
Schafgarbe und Gänseblümchen. Mein Bruder und ich kratzen
mit kleinen Stöckchen einige Pflanzen aus, um sie in unserer
Sandkiste wieder einzupflanzen. Tüchtig gießen, dann blühen
die weiße Schafgarbe und die wilde Primel bis zum nächsten Tag.

Am Abend blättern Mama und ich im neuesten Schnittmusterheft, denn zum Pfingstfest bekomme ich immer ein neues Kleid.
Ich habe mir ein Kleid mit großen Schleifen ausgesucht. Meinen
Bruder interessiert das nicht so, für ihn sucht Mama etwas aus. In
der Woche nach Ostern kaufen wir in einem Stoffladen weißen
Stoff mit blauen Punkten für mein Kleid. Für meinen Bruder
kauft Mama rot-weiß gestreiften Stoff für ein Oberhemd. Mama
sagt, dass das Nähen jedes Jahr leichter und angenehmer wird.
Vor einiger Zeit musste man noch die alten Kleider auftrennen,
die einzelnen Teile waschen, erst dann konnte man daraus etwas
Neues nähen. Wir haben sogar noch ein Schnittmusterheft mit
einer Anleitung, wie man aus zwei alten Kleidern ein modisches
neues schneidern kann. Nach einer Vorlage aus diesem Heft hat
Mama mir ein Kleid mit einem roten Oberteil und einem blauen
Rock genäht. Auf das Oberteil hat Mama blaue Blumen gestickt.
»Entzückend«, hat Frau Sprengmann, die pingelige Frau vom
Frisör, dazu bemerkt, und die lobt nicht so oft.

Aber auf ein ganz neues Kleid aus neuem Stoff freue ich mich
noch mehr. Mama zeigt es mir noch einmal und von allen ab-
gebildeten Kinderkleidern gefällt es mir immer noch am besten.

Nun faltet Mama den riesigen Schnittmusterbogen auf. Zunächst sieht man auf dem großen Papierbogen nur Krickelkrakel, ein mächtiges Gewirr von Linien und Strichen. Wenn man aber genauer hinschaut, dann erkennt man unterschiedlich gezeichnete Linien. Also solche Linien: ***** oder °°°°°° oder ^^^^^^. Zu jedem Kleid gehört eine spezielle Linie. Folgt man nur den Sternchen, dann ergibt sich daraus der Ärmel, das Oberteil oder eine Bahn des Rocks. Jetzt werden die einzelnen Teile auf Zeitungspapier durchgepaust und anschließend ausgeschnitten. Nach diesen Vorlagen wird der Stoff zugeschnitten. Dann wird das Kleid mit Stecknadeln zusammengesteckt. Ganz vorsichtig probiere ich dieses vorerst nur gesteckte Kleid an. Ich ziehe den Bauch ein und versuche die Anprobe zu überstehen, ohne von den überall vorstehenden Stecknadeln gepikt oder gekratzt zu werden.

Nach all diesen umfangreichen Vorarbeiten wird genäht. Die alte Singer-Nähmaschine mit dem verschnörkelten Fußpedal und dem ledernen Übertragungsband rattert jeden Abend sehr lange. Mama schafft es, zwei Tage vor Pfingsten ist alles fertig. Ein weißes Kleid mit blauen Punkten und blauen Schleifen. Ich kann kaum noch schlafen, so freue ich mich auf das neue Kleid und auf Pfingsten. Das rot-weiß gestreifte Hemd meines Bruders sieht auch sehr schick aus. Er zeigt es nicht so, aber ich glaube, es gefällt ihm auch ein bisschen.

Die Stoffe und Nähsachen sind ganz schön teuer, das alles sind Ausgaben außer der Reihe. In der nächsten Zeit müssen wir sehr sparsam sein. Das ist jedoch mit den vielen Vorräten im Keller kein Problem, auf dem großen Regal stehen noch jede Menge Einmachgläser mit Gemüse, eine hölzerne Sandkiste ist voll mit Möhren, und Kartoffeln liegen in der Ecke.

Das neue Geld finde ich wirklich schön. Am besten gefällt mir die 50-Pfennig-Münze. Auf der Rückseite dieser silbernen blanken Münze kniet eine Frau und pflanzt einen kleinen Baum, eine junge Eiche.

Dieses kleine Gewächs mit fünf Blättern ist ebenso auf der Rückseite der 10-Pfennig-Münze, auf der Rückseite der 5-Pfennig-Münze und sogar auf der Rückseite der 1-Pfennig-Münze zu sehen.

Das neue Geld sieht wunderschön im Portemonnaie aus, es funkelt und glänzt, aber es gibt viel zu wenig davon. Allen geht es gleich, das neue Geld ist sehr knapp, und alle können den Schlager mit voller Überzeugung mitsingen, der so oft aus unserem Radio ertönt:

> Wer soll das bezahlen,
> Wer hat das bestellt,
> Wer hat so viel Pinke Pinke,
> Wer hat so viel Geld?

Ein langer Arbeitstag

Heute haben wir furchtbar viele Hausaufgaben auf, alles im Schreib- und Rechenheft. Vier Türme Rechnen, davon zwei Türme Mal-Nehmen und zwei Türme Teilen. Außerdem müssen wir bis morgen noch einen Aufsatz über unseren Garten schreiben. Wenn wir so enorm viele Schularbeiten zu erledigen haben, dann gehe ich gerne zu meiner Freundin Ditha, die zwei Häuser weiter wohnt. Es ist sehr viel angenehmer, wenn man während des Rechnens und Schreibens einmal etwas reden, helfen oder vergleichen kann. Gleich nach dem Mittagessen gehe ich mit meinem Schulranzen zu ihr. Wie so oft bin ich etwas zu früh, denn meine Freundin und ihre Mutter sind noch beim Essen. Aber das macht nichts, ich kann mich schon nebenan auf die Bank vor den Küchenofen setzen. Der Küchenherd wird mit Torf geheizt und nach dem Kochen werden die mittleren Herdringe[4] abgenommen und zur Seite gelegt. So kann ich den brennenden Torf beobachten. In der Glut kann man die einzelnen Pflanzenfasern noch genau erkennen und es duftet herrlich nach Lagerfeuer. Endlich sind meine Freundin und ihre Mutter mit dem Essen fertig. Sie haben als Erste im Dorf eine praktische Geschirrspül-Vorrichtung. Nach dem Essen wird eine breite Schublade unter dem Küchentisch hervorgezogen. In diese Schublade sind nebeneinander zwei weiße Emailleschüsseln eingefügt, die eine

---

4   Bei einem mit Holz, Torf oder Kohle befeuerten Küchenofen (Küchenhexe) befinden sich direkt über der Feuerstelle verschieden große, herausnehmbare Herdringe aus Eisen, durch die man die Hitzezufuhr regulieren kann.

zum Spülen, die zweite zum Abtropfen des Geschirrs. Wenn man aber keine Zeit zum Geschirrspülen hat, dann wird das benutzte Geschirr einfach in die rechte Schüssel gelegt, und die Lade wird wieder zugeschoben. Sofort ist der Tisch wieder zur Benutzung frei, das Geschirr wird dann später gespült.

Wir beide breiten unsere Hefte auf dem Küchentisch aus. Rechnen geht ziemlich schnell, wir haben vorher das kleine Einmaleins auch endlos lange geübt. Die Türme mit den Teilungsaufgaben sind schnell gelöst, auch das Mal-Nehmen haben wir beide rasch erledigt. Nun kommt der Aufsatz über unseren Garten. Ich schreibe über unseren Schrebergarten, der auf der kleinen Anhöhe hinter dem Mühlenteich liegt.

Im Frühjahr nehmen unsere Eltern meinen Bruder und mich immer mit zur Gartenarbeit. Spaten, Harke, Beetband, Samen und Gießkanne laden wir in unseren Bollerwagen. Das ganze Kleingartengebiet ist von einem hohen Drahtzaun umgeben. Am Eingang ist eine große Lattentür, die mit einem klobigen Vorhängeschloss gesichert wird. Papa öffnet das Tor und wir ziehen unseren Bollerwagen auf einen breiten Mittelweg. Ein paar Meter weiter auf der rechten Seite liegt unsere Parzelle. Als Erstes nimmt Papa den Spaten, um den Boden umzugraben, ganz gerade, eine Reihe nach der anderen. Mit der Harke glättet Mama die Erdklumpen zu einer ebenmäßigen Fläche. Danach kommt die Einteilung in Beete. Das Beetband hat an jedem Ende einen kleinen Stock. Zwischen diesen beiden Stöcken wird das Band in der Länge des Beetes gespannt. Anschließend gehen mein Bruder und ich in Mäuseschritten genau am Beetband entlang. Auf diese Weise wird ein schnurgerader Weg zwischen die einzelnen Beete getreten. Fünf Beete haben wir so schon angelegt.

Als Nächstes wird gesät, Karotten, Radieschen, Erbsen, Buschbohnen und Kürbisse. Behutsam werden die Samen in gerade

Rillen auf dem Beet verteilt, bevor etwas Erde darüber geharkt wird. Zum Schluss gilt es, die Erde mit den Händen festzuklopfen. Das hohe Bohnenstangen-Gerüst steht noch vom letzten Jahr, jeweils zwei große Bohnenstangen stehen sich über Kreuz gegenüber, in die Kreuze wurde eine Querstange gelegt, die das Gerüst stabilisiert. Rund um jede der hohen Stangen werden nun vier von den braun-schwarzen Bohnensamen in die Erde gedrückt, anschließend kommt etwas Erde darüber und wird festgeklopft. Schnell wachsen hier die wunderschönen Feuerbohnen mit ihren auffällig leuchtend roten Blüten und ranken an den Bohnenstangen empor. Auf einem größeren Beet werden schließlich noch die Kartoffeln gesetzt. Hier heißt es: mit dem Spaten in regelmäßigen Abständen ein kleines Loch ausheben und in jedes Loch eine schon keimende Kartoffel hineinlegen und mit etwas Erde darüber festtreten. Als Letztes werden alle Beete mit der klobigen Gießkanne gegossen. Beim nächsten Gartenbesuch werden dann die beim Gärtner gekauften kleinen Tomatenpflanzen eingesetzt.

Viel Freude macht es, die aufgehende Saat zu beobachten und vor Ungeziefer zu schützen. Nicht so viel Freude bringt das Unkrautjäten, das ganze Jahr ist in unserem kleinen Garten etwas zu tun. Doch am allerschönsten ist es zu ernten. Sobald etwas reif ist, wird es gepflückt und gegessen oder für den Winter haltbar gemacht.

In der Nacht klettern manchmal ein paar Jugendliche über den hohen Zaun, selbst der oben abschließende Stacheldraht schreckt sie nicht ab. Sie zupfen sich ein paar Karotten aus der Erde und pflücken einige grüne Tomaten, denn mit großem Hunger schmecken sogar sandige Mohrrüben und unreife Tomaten köstlich.

Meine Freundin beschreibt den farbenfrohen Blumengarten vor ihrem Elternhaus. In der Mitte des Vorgartens ist ein rundes

Beet mit zerzausten Straußenfedern-Astern in Hellblau, Rosa und Weiß, daneben ein langes Beet mit der herb duftenden Tagetes. Auf der anderen Seite ein großes Beet mit der üppig nach allen Seiten rankenden gelb-orangefarbenen Kapuzinerkresse. Abschließend noch ein kunterbuntes Beet mit der edlen pinkfarbenen Cosmea, dazwischen die kleinen bunten Löwenmäulchen und am Rand viele orangefarbene Ringelblumen. Dicht vor dem Küchenfenster eine Reihe von hohen Sonnenblumen, die mit ihren schweren Köpfen immer zur Sonnenseite nicken. Viele von diesen Blumen blühen sehr früh, weil sie auf der Fensterbank in der Waschküche vorgezüchtet werden.

So haben wir in unseren Aufsätzen zwei völlig verschiedenartige Gärten beschrieben, einen nützlichen und einen hübschen, bunten. Aber für uns sind beide wichtig und wertvoll.

Einladung zum Apfelblütenfest

Jedes Jahr im Mai laden Oma und Opa die ganze Familie und einige Freunde zum Apfelblütenfest im Garten vor ihrem schönen großen Haus ein. Dieses große Haus hat unser Opa ganz allein gebaut, nur die Bauzeichnung hat Omas Bruder, Onkel Hans, gemacht. Alles Handwerkliche hat Opa selbst übernommen.

Das ist schon sehr lange her. Eigentlich wollte unser Opa gar nicht mehr hier in Deutschland sein, er wollte nach Amerika auswandern. Er hatte schon eine Stellung als Schiffszimmermann in Aussicht. Nur wegen des Lohns gab es Ärger, Opa war der in Aussicht gestellte Lohn zu niedrig. Und während der langen Zeit der Lohnverhandlungen hat er sich in Oma verliebt und dann ist alles ganz anders gekommen. Die beiden haben geheiratet, sie haben drei Kinder bekommen und Opa hat für seine Familie ein Haus gebaut. Dieses Haus sieht anders aus als die Häuser in der Nachbarschaft. Die Außenwände des Hauses sind mit glänzenden blauroten Klinkern gebaut. In der rückseitigen Außenwand des Hauses hat Opa einen Besen und eine Windmühle aus Klinkern in die Wand gemauert; sie sollen als Glückssymbole die Menschen schützen, die in diesem Hause wohnen. Vorn am Haus ist eine Veranda, dort kann man geschützt sitzen oder spielen, auch wenn es regnet. Dann kommt auf der rechten Seite eine blaue Eingangstür mit einem großen ovalen Fenster. So eine auffällige Tür habe ich bisher bei keinem anderen Haus gesehen. Alle Fensterrahmen sind ebenfalls blau gestrichen. Unten im Haus ist ein geräumiges Wohnzimmer mit einem großen Eckfenster, was den Raum sehr hell macht. Das war Omas Idee. So ist nach sehr langer Bauzeit ein außergewöhnliches Haus entstanden.

Opa hat das Haus kurz nach dem Ersten Weltkrieg gebaut. Die Zeiten waren schlecht, das Geld sehr knapp. Er hat immer erst weiter gebaut, wenn er wieder etwas Geld gespart hatte. Einmal hat ein heftiger Sturm alle Dachpfannen, die bereits locker auf die Querlatten im Dachgebälk gelegt waren, hinuntergeschleudert. Fast alle Dachpfannen sind dabei zerbrochen. Mama ist immer noch betroffen, wenn sie uns von diesem großen Unglück erzählt, das sie als Kind miterlebt hat. Umso größer die Freude, als die Familie meiner Großeltern endlich einziehen konnte.

Zum Haus gehört ein großer Garten, der viel Rasenfläche hat, aber auch zahlreiche Apfelbäume. Auf der rechten Seite des Gartens sind einige Gemüsebeete. In diesem Jahr ist der Mai mild und schon recht warm. Bei den ausgesäten Erbsen auf den Gemüsebeeten sieht man schon die kleinen runden Blätter aus der Erde hervorkommen und auch die Karottensaat ist schon gut aufgekeimt.

Wir freuen uns sehr auf das Apfelblütenfest, obwohl wir eine recht weite Anreise haben, aber unser altes Auto wird uns schon hinbringen. Dieses Auto heißt Emil und es hat nicht immer Lust zu größeren Reisen. Der Start ist immer sehr aufregend, denn Emil muss angeschoben werden. Wir sitzen schon reisefertig im Auto. Drei Nachbarn schieben mit aller Kraft von hinten, während Papa auf dem Fahrersitz lenkt und schaltet. Emil ruckelt und stottert, doch nach einiger Zeit fährt Emil allein. Zunächst ganz langsam, dann immer etwas schneller. Die spannende Phase ist aber erst überstanden, wenn Emil die kleine Anhöhe hinter unserem Dorf bewältigt hat, dann erst können wir erleichtert aufatmen. Emil fährt nun ruhig und gleichmäßig. Wenn Mama erst für Papa und dann für sich selbst eine Zigarette anzündet, wissen mein Bruder und ich auf der Rückbank, dass Emil es schaffen wird. Wir lehnen uns zurück und fangen an zu spielen, besonders gern »Ich sehe was, was du nicht siehst«. Dieses Spiel ist unendlich und es bringt uns beiden immer wieder viel Spaß.

Es sind zwei Stunden auf der Autobahn bis nach Hamburg. Kaum Verkehr, Papa kann den weißen Mittelstreifen zwischen die Vorderräder nehmen, er sagt, das Fahren sei auf diese Weise weniger anstrengend. So fahren wir ohne Hast zu Oma und Opa. Wenn doch einmal ein schnelleres Auto von hinten kommt, sagen wir Papa Bescheid, damit er auf die rechte Seite fährt, das ist unsere Aufgabe. Nur sehr wenige Autos wollen uns überholen. Über eine riesige Brücke fahren wir über die Elbe. In Hamburg ist etwas mehr Verkehr; es geht an vielen Trümmergrundstücken vorbei. Glücklicherweise weiß Papa den Weg genau.

Oma und Opa warten schon auf uns und die anderen Gäste sind auch schon da. Die ganze große Familie, Onkel und Tanten, Cousinen und Cousins. Onkel Hans ist für uns Kinder der Wichtigste, denn er kann mit den Ohren wackeln, nicht nur ein bisschen, sondern seine Ohren wedeln richtig. Dabei macht er jedes Mal so komische Grimassen und dann müssen wir immer furchtbar lachen. Außerdem hat Onkel Hans meistens eine Rolle Drops für uns Kinder in seiner Hosentasche. Tante Trudel, eine Freundin von Oma aus deren Schulzeit, einige Nachbarn und eine Flüchtlingsfamilie, die in Opas Haus wohnt, sind auch eingeladen.

Unter den blühenden Bäumen sind Tische, Stühle und Bänke aufgestellt. Opa hat sehr viele Boskop-Apfelbäume auf seinem Grundstück. Dieser Apfel schmeckt sehr gut, er ist sehr gesund, und man kann ihn auch lange im Keller aufbewahren, sagt Opa. Die Bäume blühen üppig, die Zweige hängen weit nach unten, zwischen den weißen Blüten sind noch einige rosa Knospen. Ein beständiges Summen von den vielen Bienen ist zu hören, dazwischen das Brummen einer dicken pelzigen Hummel.

Hungrig warten wir alle auf die berühmte »saure Suppe«, die

nur Oma so gut kochen kann. Jetzt kommt Oma auch schon mit einer großen Terrine. Diese Suppe riecht einfach wunderbar, außerdem sieht sie auch noch hübsch bunt auf dem Teller aus: mit den grünen Erbsen, den roten Möhren, dem orangefarbenen und schwarzen Backobst und den weißen Mehlklößchen. Allen schmeckt es köstlich, eine Zeit lang ist nur das eifrige Klappern der Löffel auf den Suppentellern zu hören. Danach gibt es rote Grütze mit Vanillesauce.

Wir haben unseren Spaß mit Onkel Hans. Die Lippen zieht er nach unten, dann bläht er die Wangen auf, immer im Wechsel, und seine Ohren wackeln heftig. Immer wieder hat man bei Onkel Hans den vergnüglichsten Platz. Die Gäste essen, lachen und erzählen. Alles, was in der letzten Zeit erlebt wurde, und was geplant ist, wird ausführlich bei einem kühlen Glas »Himmlisches Moseltröpfchen« besprochen. Nach dem Essen bekommen wir noch einen Drops von Onkel Hans.

Die meisten Witze, die erzählt werden, verstehen wir nicht, aber nun fängt Opa an, eine lustige Geschichte zu erzählen, die wir schon einmal gehört haben, und ich muss jetzt schon lachen. Vor ihrer Heirat hat Oma als Schreibkraft in einem Büro in der Innenstadt gearbeitet. Jeden Tag fuhr sie frühmorgens mit der Stadtbahn zum Büro. Auf langen Holzbänken saßen sich die Fahrgäste, Arbeiter und Angestellte, gegenüber. Sie dösten, lasen und schunkelten im Takt der an den einzelnen Stationen anhaltenden und wieder anfahrenden Stadtbahn. Mit einem Mal hörte man ein sehr lautes eindeutiges Pupsgeräusch, unüberhörbar. Alle blickten auf, und nur unsere Oma, nein, das 17-jährige Mädchen, das Oma damals war, bekam zunächst einen rosa und schließlich dann, als alle Blicke auf sie gerichtet waren, einen dunkelroten Kopf. Allen war klar, wer dieses Geräusch verursacht haben musste. Wenn Oma heute an diesen Vorfall denkt, dann kann sie sich genau daran erinnern, wie peinlich diese Geschichte damals für sie war – »und ich war es wirklich nicht«, beteuert sie auch jetzt wieder. Die ganze Familie und auch die Gäste haben ihren Spaß daran und nach so langer Zeit kann auch Oma darüber lachen. Opa reicht ein Foto auf braunem Karton herum: »So sah sie damals aus.« Das Bild zeigt ein junges Mädchen mit lockigen Haaren, an einen Stuhl gelehnt, mit einer Rose in der Hand, lächelnd in die Ferne blickend.

Die saure Suppe ist verspeist, die rote Grütze ist aufgegessen, und nun kommt Opa mit einer richtig großen Überraschung für alle: Er hat in seinem Haus ein Badezimmer eingebaut und das möchte er jetzt allen zeigen. Oben, in der ersten Etage, öffnet er die Tür zu einer Abseite. Hier hat er ein grün gekacheltes Bad eingebaut, mit einer weißen Badewanne, auch die Füße der Badewanne sind eingekachelt. Auf der anderen Seite ein weißes Waschbecken, darüber ein großer Spiegel. Neben der Wanne ein hoher Warmwasserofen, unten mit Holz und Kohle beheizbar. Direkt aus dem Badeofen kommt ein silberner Schlauch, vorn mit einem Duschkopf, der bis in die Badewanne reicht. Opa erzählt, wie schwierig es war, die Wasserleitung bis nach oben zu verlegen und einen Abfluss einzubauen. Aber jetzt funktioniert alles und Opa lässt über den Schlauch das Wasser in die Badewanne einlaufen, und nachdem er hinten in der Wanne den schwarzen Stöpsel gezogen hat, kreiselt das Wasser langsam aus der Wanne. Alle staunen über das neumodische Badezimmer, und sie bewundern, wie geschickt Opa den vorhandenen Platz genutzt hat. Jedes Haus hat eine Waschküche, aber niemand hat ein Badezimmer.

Nach der Badbesichtigung versammeln sich die Gäste noch zu einer Tasse echtem Bohnenkaffee und einem Stück gedecktem Apfelkuchen an den Tischen. Zum Schluss raucht Opa noch eine dicke Zigarre. Einige der Gäste rauchen die edlen »Astor«-Zigaretten, auf deren Schachtel ein vornehmer Adeliger mit einer weißen Perücke abgebildet ist, oder auch die Marke »Red Rock«, mit einem Indianerbild auf der Packung, manche rauchen »Gold Dollar«, der Name mit goldenen Buchstaben geschrieben und die Zigaretten in goldener Folie verpackt. Onkel Hans klemmt das gebogene Mundstück seiner Pfeife in die Zahnlücke der unteren Schneidezähne. So kann er erzählen, ohne die Pfeife aus dem Mund zu nehmen. Es wird viel geplaudert und laut gelacht, bis es langsam kühler wird. Einer nach dem anderen verabschiedet sich, Freunde und Nachbarn gehen jetzt nach Hause.

Für uns ist dieses Mal alles anders. Papa kann uns nicht mit Emil nach Hause fahren. Er wird noch eine Nacht bei Oma und Opa bleiben, weil er am Montag zum Eichamt gehen muss. Er will mit dem Beamten vom Eichamt etwas besprechen und einen Termin zur Prüfung seiner Waage im Geschäft vereinbaren. Wir drei müssen heute Abend ohne Papa nach Hause fahren, weil wir morgen wieder zur Schule müssen. Mama, mein Bruder und ich fahren mit dem Bus zum Bahnhof. Von dort mit der Stadtbahn zum Hauptbahnhof. Am Hauptbahnhof steigen wir in die Eisenbahn. Mein Bruder und ich fahren sehr gerne mit der puffenden, stampfenden Eisenbahn. Wir haben drei Plätze nebeneinander auf einer hellen Holzbank. Erst einmal bis Rotenburg, dort müssen wir umsteigen. Der Schaffner auf dem Bahnsteig gibt mit einem schrillen Pfiff das Zeichen zur Abfahrt des Zuges. Die Lokomotive fängt an zu zischen und zu schnaufen, riesige weiße Dampfwolken werden durch den rußigen Schornstein gepresst. Langsam setzt sich der Zug in Bewegung. Mein Bruder kann alles durch das geöffnete Abteilfenster beobachten, doch es kommt zu viel rauchiger Wind ins Abteil, sodass alle Fenster geschlossen werden müssen. Anschließend setzt Mama sich in die Mitte und liest uns aus dem Robinsonbuch vor. Wir kuscheln uns ganz dicht an sie heran, damit sie nicht so laut lesen muss. Zwischendurch essen wir von den belegten Doppeldeckerbroten, die Oma uns mitgegeben hat.

> *Robinson war nun schon mehrere Monate auf der Insel. Mit viel Mühe war es ihm gelungen, einen Tisch und einen Stuhl zu bauen. Sogar einen Korb hatte er sich aus biegsamen Zweigen geflochten. Gerne ging Robinson mit seinem Hund zur Jagd und auch zum Angeln. Auch Getreide hatte er inzwischen: Nachdem Mäuse von seinem Hühnerfutter gefressen und einige Körner verstreut hatten, hatten diese Körner auf dem fruchtbaren Boden gekeimt, und bald konnte Robinson eine Handvoll Getreidekörner ernten. Er säte diese Körner wieder aus und so kam er mit der Zeit zu einem Vorrat an Getreide. Auf der Insel fand Robinson wilden Wein, dessen Trauben in der Sonne zu Rosinen trockneten.*

Am frühen Abend kommen wir in Rotenburg an. Hier müssen wir umsteigen. Unser Zug soll vom gegenüberliegenden Gleis abfahren, aber er hat sich wohl etwas verspätet. Wir begeben uns in den Warteraum, wo sich bereits einige Reisende aufhalten, und warten und warten. Dieses Mal dauert es aber wirklich lange! Mama hat schon mit dem Schaffner gesprochen. Es scheint Probleme mit der Lokomotive zu geben. Wir warten und warten weiter, dann kommt eine Durchsage, dass die Lokomotive kaputt sei, aber in ungefähr einer Stunde soll es weitergehen. Es wird wohl sehr spät werden, bis wir zu Hause sind, aber da kann man nichts machen, wichtig ist nur, dass wir heute noch nach Hause kommen, denn morgen müssen wir in die Schule.

Eine Stunde ist endlos lang, und mein Bruder und ich überlegen, was wir spielen könnten. Ein kleines Mädchen ist auch unter den Wartenden, doch das Mädchen ist zu klein und außerdem ist sie auch noch ziemlich ängstlich. Mama holt erneut das Robinsonbuch aus ihrer Tasche und liest uns leise vor.

Nach der Regenzeit fand er Zuckerrohr, wilden Tabak, Kokosnüsse und Zitronen. Jetzt war er schon ein ganzes Jahr auf der Insel. Tagelang hatte er sie erkundet, nirgends war Festland zu sehen. Er fand ein verletztes Zicklein, das zähmte er als Haustier. Außerdem fand er einen kleinen Papagei, dem er mit viel Mühe das Sprechen beibrachte. Die Insel von Robinson befand sich in den Tropen. In der Regenzeit lernte er, aus Lehm Gefäße zu töpfern, deren Form er allmählich immer mehr verbesserte. Vorsichtig brannte er die irdenen Gefäße im Feuer, sodass sie sogar wasserdicht wurden.

Als es so richtig spannend wird, ist die Stunde um. Mama liest das Kapitel noch schnell zu Ende, aber es passiert nichts und der Schaffner ist auch nicht zu sehen. Es dauert noch eine halbe Stunde, erst dann gibt es wieder eine Durchsage. Die Lokomotive könne nicht so schnell repariert werden. Wir können erst morgen früh weiterreisen. Ein Ehepaar von den hier Wartenden hat eine Tante, die in Rotenburg wohnt, und sie machen sich auf den Weg dorthin. Aber was sollen die restlichen Wartenden tun? Ich weiß nicht, ob es hier ein Gasthaus gibt und ob Mama überhaupt genug Geld dabeihat. Beim Schaffner können wir doch bestimmt nicht alle übernachten. Ich habe die Idee, dass wir zu Fuß nach Hause gehen, aber Mama sagt, dass das viel zu weit sei. Es bleibt nur die Möglichkeit, dass wir alle hier im Wartesaal übernachten.

»Heute dürft ihr beiden so lange aufbleiben, wie ihr wollt«, sagt Mama zu meinem Bruder und zu mir. »Wenn ihr dann müde werdet, legt ihr erst die Arme auf den Tisch, danach legt ihr den Kopf auf die Arme, so kann man ganz gut schlafen, auch wenn man kein Bett hat.« Mama macht es uns vor. Es ist hier doch recht gemütlich und außerdem haben wir sogar noch ein paar Scheiben Hasenbrot. Mein Bruder und ich spielen eine Zeit lang »Ich sehe was, was du nicht siehst«. Danach falten wir Papierschiffe und Papierschwalben. Doch heute war ein langer aufregender Tag und langsam werden mein Bruder und ich richtig müde. Die Arme auf den Tisch, dann den Kopf darauflegen, das ist sehr unbequem, denn unsere Arme sind dafür viel zu kurz. Jetzt hat Mama eine andere Idee. Wir legen die Jacke meines Bruders als Kopfkissen auf den Fußboden unter den Tisch im Wartezimmer. Meinen Mantel nehmen wir als Zudecke. Mein Bruder mag es nicht, wenn ich ihm ins Gesicht atme, deshalb legen wir uns Rücken an Rücken.

Vor dem Einschlafen muss ich noch einmal an meinen Opa denken. Hoffentlich wird er nicht zu sehr enttäuscht sein, wenn niemand in seinem neuen Badezimmer baden will, weil es doch viel angenehmer ist, in der warmen großen Waschküche zu baden. Das neue Badezimmer von Opa sieht sehr fein aus, alles ist schön blank und glatt. Deshalb glaube ich nicht, dass man dort plantschen, spritzen und tauchen kann, und so viel heißes Wasser wie in dem großen Waschkessel gibt es in dem kleinen Badeofen vom neuen Bad bestimmt nicht. Das neue Badezimmer hat bestimmt sehr viel Geld gekostet und viel Arbeit hat es auch gemacht. Hoffentlich ist Opa nicht traurig, wenn keiner sein neues Badezimmer benutzen wird. Meine Gedanken drehen sich inzwischen im Kreis, ich weiß überhaupt nicht mehr, was ich eben noch gedacht habe, so müde bin ich. Der Fußboden ist zwar sehr hart, aber mein Bruder und ich sind dermaßen erschöpft von dem langen Tag, dass wir dann doch sehr schnell einschlafen.

Wir beide schlafen offenbar sogar recht tief, denn am nächsten Morgen muss Mama uns wecken. Frühmorgens um 6.00 Uhr steht unser Zug schon bereit. Dann geht alles sehr schnell, nach einer Stunde sind wir zu Hause, und wir haben das Gefühl, ein großes Abenteuer glücklich überstanden zu haben. Für die Schule ist es jetzt zu spät und wir beide können unseren Freunden erst am Nachmittag von unseren Erlebnissen erzählen.

Am nächsten Tag hat Mama einen zwei Seiten langen Brief an Opa und Oma geschrieben. Also, ich kann Mamas Schrift nicht lesen, weil sie so ganz anders ist als die von meiner Lehrerin. Aber Mama hat uns erzählt, dass sie ganz genau beschrieben hat, was wir auf unserer Rückreise alles erlebt haben.

Zum Schluss haben mein Bruder und ich noch unseren Namen unter das Geschriebene gemalt und nun ist der Brief fertig. Mama faltet den Brief und steckt ihn in einen Umschlag, auf den sie schon die Anschrift von Opa und Oma geschrieben hat. Jetzt kleben wir noch eine 20-Pfennig-Briefmarke und eine blaue 2-Pfennig-Briefmarke mit der Aufschrift »Notopfer Berlin« auf den Brief.

Ab in den Briefkasten, in zwei Tagen ist der Brief in Hamburg.

Man schreibt sich oft Briefe, denn das Telefonieren ist viel zu teuer. Jeder, der einen Brief verschicken möchte, muss die normale Briefmarke und außerdem 2 Pfennig für die Notopfer-Berlin-Marke bezahlen, weil die Berliner so viel Geld brauchen, glaube ich.

Das können wir alles allein

Die großen Ferien fangen an. Herrlich! Sechs Wochen ohne Schularbeiten, ohne frühes Aufstehen, den ganzen Tag nur spielen und tun, was Spaß macht. Es ist sommerlich heiß. Wir Kinder vom Dorf haben uns gleich in der ersten Woche ein Floß gebaut und sind damit auf der Warnau geschippert. Etwas wackelig ist es schon, sich mit dem Floß von der einen Uferseite zur anderen übersetzen zu lassen, aber es bringt Spaß. Zunächst einmal war es sehr schwierig, dieses Floß überhaupt zu bauen. Man braucht dafür neun (!) leere Benzinkanister. Überall haben wir gefragt, zwei haben wir bekommen, aber wo sollten wir die restlichen sieben Kanister auftreiben? Schließlich hatte Uwe eine Idee. Sein Vater arbeitet in einer Autowerkstatt, und so war es möglich, dass wir die notwendigen sieben Kanister aus der Werkstatt geliehen bekamen.

Mit einer Wäscheleine haben wir alle neun Kanister sorgfältig zu einem Floß zusammengezurrt, jeweils mit einer Breite von drei Kanistern. Auf diesem schwankenden Wasserfahrzeug kann man nur vorsichtig sitzen oder liegen. Mit langen Stöcken wird das Floß vom Ufer abgestoßen, um eine Flussfahrt zu starten. Mit der Zeit bekommt man ein Gefühl für diesen kippeligen Kahn. Falls jemand ins Wasser fällt, so ist das eine willkommene Abkühlung in dem nur hüfttiefen Flüsschen, denn heute ist es richtig heiß. Uwe und seine Schwester Heidi haben sich schon sehr gut eingearbeitet, je zwei Kinder werden von ihnen mit Unterstützung der sanften Strömung der Warnau bis zur nächsten Biegung chauffiert; zurück haben die beiden dann schon etwas mehr Mühe, weil es gegen die Strömung geht. Dann kommen die nächsten beiden Fahrgäste auf das Kanisterfloß.

Während der Wartezeit kann man in den Einbuchtungen am Ufer die Stichlinge beobachten, Schnecken und Käfer verstecken sich im Ufergras, Fliegen und Libellen surren durch die Luft. Wilde Minze, rosa Weidenröschen, üppige Farne und Gräser wuchern am Ufer. Hält man die Füße länger ins Wasser, dann kann es sein, dass sich ein kleiner schwarzer gummiartiger Blutegel am Bein festgesaugt hat. Der Blutegel wird einfach abgestreift und wieder ins Wasser geworfen.

Zum Schluss spielen wir noch U-Boot, und das geht so: Ganz vorsichtig setzen sich alle Kinder gleichzeitig rundum auf den Rand des Floßes. Wenn das gelingt, wird das ganze Floß von unserem Gewicht unter Wasser gedrückt, und das warme Wasser umspült angenehm Popo und Beine. Doch meistens klappt das nur für einen Moment, dann beugt sich ein Kind zur Seite oder einer wird geschubst, alle platschen kreischend ins Wasser, was für ein Spaß. Bis wir gerufen werden, treiben wir dieses Spiel, und es wird nicht langweilig.

Wie an jedem Tagesende steht auch heute nach dem Abendbrot wieder das Vorlesen auf dem Programm.

Nach und nach hat Robinson Weizen und Mais geerntet und mit einem Steinmörser zu Mehl gemahlen. In einem selbst gebauten Ofen konnte er nach einiger Zeit sogar Brot und mit den süßen Rosinen auch einen Kuchen backen. All das aß Robinson mit großem Vergnügen. Die Zeit verging, jetzt war er schon sehr lange auf der Insel und nach und nach war seine Kleidung zerrissen. Mit einer Nadel, die er auf dem Wrack gefunden hatte, nähte er sich aus Häuten von erjagten Tieren eine Mütze, eine Hose und eine Jacke. Er sah vielleicht etwas seltsam aus, aber Robinson fühlte sich damit wie ein König auf seiner einsamen Insel.

Die Ferien haben gerade angefangen, was für eine herrliche Zeit liegt noch vor uns!

In den nächsten Tagen hat Hans-Jürgen eine ganz neue Idee. Wir könnten doch einmal einen ganzen Tag zum Baden in das Nachbardorf gehen. Dort ist ein wunderbares Waldbad. Mit den Erwachsenen waren wir auch schon öfter dort, aber die haben immer sehr wenig Zeit. Wir wollen einen ganzen Tag in der Badeanstalt verbringen. Richtig schnell würden wir mit Fahrrädern zum Waldbad kommen. Obwohl jede Familie höchstens ein Fahrrad besitzt, haben wir genügend Räder, mit denen wir fahren können. Annegret wird uns den Weg zeigen.

Hans-Jürgen und Uwe müssen allerdings auf einem Herrenrad mit Stange fahren. Eigentlich sind wir alle zu klein, um ein Herrenrad zu benutzen, weil wir den Fuß nicht über die Stange heben können. Es geht nur, wenn man den rechten Fuß unter der Stange hindurch auf die rechte Pedale stellt, den linken Fuß auf die linke Pedale. Das Schwierigste dabei ist es, die Balance zu halten und das Fahrrad in einer waghalsigen Schräglage zu treten und zu lenken. Aber es geht, das können die meisten Dorfkinder, und Uwe und Hans-Jürgen beherrschen diese Fahrweise grandios. Ich selbst traue mich im Moment nicht mehr, mit Papas Rad zu fahren. Zu oft bin ich schlimm auf die Knie geknallt und das tut richtig weh. Hat man eine richtige Wunde am Knie, dann kommt das nächste Unglück, Mama holt das kleine dunkle Fläschchen mit einer braunen Flüssigkeit. Mit einem kleinen Läppchen wird etwas von dieser Flüssigkeit auf die Wunde getupft. Das brennt wie Feuer, und es hört überhaupt nicht auf zu brennen. Aber Hans-Jürgen und Uwe beherrschen diese Akrobatik, und sie haben auch den Mut, eine längere Strecke auf den Herrenrädern zu fahren.

Alles haben wir gut geplant und eingeteilt, doch weder die Mutter von Hans-Jürgen noch die Eltern von Uwe sind damit einverstanden. Auch Mama und Papa haben Bedenken. Bis zum Waldbad sind es immerhin fünf Kilometer. Eine kurze Strecke kann man vielleicht in so schräger Verrenkung auf dem Herrenrad fahren, für längere Strecken ist es aber zu gefährlich.

Wenn wir also einen ganzen Tag im Waldbad verbringen wollen, dann müssen wir eben den Weg zu Fuß wandern. Insgesamt sind wir neun Kinder, die kleine Bärbel möchte auch unbedingt mitkommen. Sie verspricht, den langen Weg ohne zu murren mitzulaufen. Bärbels Mutter meint auch, dass sie ohne Probleme so weit gehen kann. Alle sind damit einverstanden, dass die kleine Bärbel mitkommt. Sie selbst ist sehr stolz, dass alle anderen Kinder ihr diesen langen Wanderweg zutrauen. Herrlich, wir freuen uns auf einen Sommertag im Waldbad, ohne jede zeitliche Begrenzung. Annegret kennt den Weg dorthin genau, auf Annegret ist Verlass, denn schließlich ist sie schon zwölf Jahre alt.

Am Abend vorher packen mein Bruder und ich schon unsere Badehosen, die Gummibadekappen, Handtücher und unseren praktischen Frottee-Umkleideschlauch, den man am Hals mit einem Schnürband zusammenbindet. Hiermit kann man sich sorglos umziehen, ohne dass man immer das kleine Handtuch festhalten muss. Morgen früh um 10.00 Uhr wollen wir uns am Anfang der Dorfstraße treffen.

Am nächsten Morgen macht Mama mir und meinem Bruder noch einen Doppeldecker mit Käse, außerdem bekommen wir noch eine Flasche Saft und 20 Pfennig für den Eintritt. Es ist schon sehr aufregend, das erste Mal ohne Eltern so eine Unternehmung zu starten. Mein Bruder und ich haben Mama versprochen, nicht ins Schwimmerbecken zu gehen, denn wir beide können noch nicht richtig schwimmen, nur ein paar Züge. Annegret kann als Einzige schon sicher schwimmen. Alle Kinder haben sich pünktlich um 10.00 Uhr versammelt. Die kleine

Bärbel sieht sehr hübsch aus mit ihren lockigen Haaren und ihrer Hahnenkamm-Frisur.[5]

Annegret geht voran, meine Freundin Ditha und ich haben Bärbel an die Hand genommen. Mit aufgeregtem Geplapper geht es die Dorfstraße hinunter, dann nach rechts etwas bergab über die Brücke. Danach immer geradeaus durch einen tiefen dunklen Wald mit riesigen Tannen, auf einem schmalen moosigen Waldweg, ein paar Farne und Gräser an den Seiten. Wir laufen und laufen, dieser Weg ist wirklich sehr lang. Bärbelchen läuft fröhlich mit uns. Schließlich geht unser Weg an einem Getreidefeld vorbei, an dessen Rand blaue Kornblumen und roter Klatschmohn blühen. Ob wir noch auf dem richtigen Weg sind? Es kommt mir so endlos vor. Wir wandern am Feldrand vorbei, dann kommt noch ein niedriger Buschwald. Als ich schon denke, dass wir wohl niemals ankommen, stehen wir plötzlich vor einem großen Tor, über diesem Tor ist ein Schild mit der Aufschrift »WALDBAD«.

Endlich angekommen, jetzt geht das Vergnügen los! Schnell noch bezahlen, dann müssen wir uns einen guten Lagerplatz suchen. Unter einer Birke ist genügend Platz für uns alle. Die Badehandtücher werden ausgebreitet, die Badetaschen stellen wir an die Seite. Es dauert lange, aber endlich sind wir alle umgezogen. Haare unter die Gummibadekappe stecken und die Kappe mit dem dicken Kinnriemen und dem klobigen Druckknopf an der Seite schließen. Jetzt müssen wir nur noch unseren Schwimmreifen aufpusten, einen großen grauen Gummischlauch aus einem Autoreifen mit einem massiven Ventil. Beim Aufpusten müssen wir uns abwechseln. Nur im Sitzen wird gepustet, und zwar, bis einem schwindlig wird. Dann muss der Nächste pusten. Wichtig

---

5   Für eine Hahnenkamm-Frisur wird bei Mädchen das vordere mittlere Kopfhaar hochgenommen und über einen kleinen Kamm aufgewickelt und festgesteckt.

ist es, beim Wechsel den Daumen fest auf das Ventil zu drücken, sonst ist die bisherige Arbeit vergeblich.

Das Schwimmbecken ist von einem flachen Wasserstreifen umgeben, damit keiner mit staubigen Füßen ins Bad gehen kann. Es gibt ein großes Wasserbecken, das durch einen schwimmenden Balken in Schwimmer- und Nichtschwimmerbereich unterteilt ist. Endlich stürzen wir uns alle ins kühle Wasser, die kleine Bärbel immer in unserer Mitte. Spritzen, tauchen, schubsen mit lautem Lachen und Kreischen. Ich setze mich in unseren wunderbaren Schwimmreifen und paddle mit den Armen. Von der Seite schubsen die anderen Kinder und mit viel Gejohle werde ich zum Kentern gebracht. Der Nächste kann jetzt mit dem Schwimmreifen Paddelboot spielen, wobei es das größte Vergnügen ist, den Reifen zu kippen. Das spielen wir, bis Uwe anfängt zu zittern, auch Renate sieht schon ganz verfroren aus und meine Hände sind eiskalt. Alle raus aus dem Wasser und abtrocknen. Die kleine Bärbel wird gründlich abgerubbelt. Alle sitzen im Kreis auf unserem Lagerplatz und jetzt wird geschmaust; Schmalzbrote, Käsedoppeldecker, Saft und Äpfel ergeben eine wunderbare Mahlzeit. Danach spielen wir Kriegen und nach ganz kurzer Zeit sind wir alle wieder aufgewärmt.

Eigentlich würden wir jetzt gerne noch einmal ins Wasser stürmen, aber Annegret meint, dass sie in der Ferne ein leichtes Grummeln gehört habe. Wir sollten unsere Sachen packen und nach Hause gehen. Wir beeilen uns alle, denn unterwegs von einem Gewitter überrascht werden, das möchte keiner von uns. Schnell haben wir uns am Ausgang versammelt und los geht es. Annegret geht vorweg. Der Rückweg führt wieder durch den niedrigen Buschwald und dann am Feld entlang. Wir laufen schnell und bleiben alle eng beieinander. Das Gewitter kommt näher, der Donner wird lauter, doch ängstlich sind wir eigentlich nicht. Nur Bärbelchen möchte zu ihrer Mama. »Jetzt musst du

ganz schnell laufen, dann sind wir gleich zu Hause«, trösten wir
sie. Die kleine Bärbel stolpert über hochstehende Baumwurzeln,
aber sie läuft tapfer weiter. Wir halten sie fest, damit sie nicht
hinfällt. Plötzlich kommt ein heller Blitz, gefolgt von einem
schweren Donnerschlag, und nun fängt Bärbelchen doch an zu
weinen. »Meine Beine tun weh, ich kann überhaupt nicht mehr
gehen«, jammert die Kleine.

»Aber wir können dich doch nicht tragen, du musst jetzt ganz
schnell mit uns laufen, sonst sitzen wir alle im Wald, wenn das
Gewitter noch heftiger kommt. Außerdem hast du uns ganz
fest versprochen, ohne zu weinen mit uns zu laufen«, bemerkt
Annegret ungeduldig. Doch Bärbelchen ist mit ihrer Kraft am
Ende, alle Versprechen sind vergessen. Zitternd setzt sie sich auf
einen Baumstumpf, den Kopf in den Schoß, die kleinen Hände
darüber, und sie weint, erst richtig laut, danach nur noch leise
wimmernd. Alles Zureden nützt nichts, auch die Aussicht, dass
das Gewitter gleich noch viel heftiger kommen wird, kann sie
nicht zum Weiterlaufen bewegen.

Ziemlich ängstlich und auch ein bisschen ratlos überlegen wir,
was jetzt zu tun ist. Lassen wir sie einfach hier sitzen und holen
von zu Hause Hilfe? Nein, das ist viel zu weit, und was machen
wir, wenn Bärbel nicht auf diesem Baumstumpf sitzen bleibt und
sich dann im Wald verirrt?

Noch ein anderer Plan: Wir gehen alle los und lassen Bärbel
dort sitzen; und wenn wir um die nächste Wegbiegung gegangen
sind und Bärbel uns nicht mehr sehen kann, spätestens dann wird
sie uns rufen und dann wird sie hinter uns herlaufen. Wir laufen
also ein Stück weiter, bis zur nächsten Kurve, hinter Bäumen
versteckt warten wir angespannt, gleich wird Bärbelchen kommen, wir müssen nur geduldig sein. Doch gar nichts passiert, sie
kommt nicht. Annegret lugt um die Ecke, Bärbel sitzt unver-
ändert zusammengekauert auf dem Baumstumpf. Das Donnern

wird unterdessen bedrohlicher. Es dauert alles sehr lange. Was sollen wir jetzt bloß tun? Schließlich erklärt uns Annegret: »Ihr bleibt alle hier, ich glaube, dass ich eine Idee habe, womit ich Bärbel locken könnte.«

Wir können von Weitem nur erkennen, wie Annegret auf das zitternde Bündel einredet, immer wieder. Schließlich hebt die Kleine den Kopf, erst nur ein bisschen, dann blickt sie unsicher und zweifelnd zu Annegret hoch. Die nickt ihr zu, nickt noch einmal heftig. Annegret reicht Bärbel die Hand, die Kleine zögert etwas, dann greift sie zu. Plötzlich fangen Annegret und Bärbel an zu rennen, an uns vorbei. Wir wetzen alle hinterher, ohne zu fragen. Irgendwann packt mein Bruder die andere Hand von Bärbel, und wir laufen alle, so schnell wir können. Es wird windig, es donnert heftiger und in kürzeren Zeitabständen. Den dunklen unheimlichen Tannenwald haben wir schon hinter uns gelassen, nur einen kleinen Moment Luft holen, dann geht es weiter die Dorfstraße entlang. Noch über die Brücke, schon sieht man die ersten Häuser unseres Dorfes. Inzwischen fängt es an zu regnen. Gerade noch rechtzeitig erreichen wir die Uferstraße. Hastig und ohne Abschied verschwinden unsere Freunde schnellstens in ihrem Zuhause. In unserem Haus hält Mama schon die Tür auf, flink, alle rein. Wir haben es geschafft. Annegret, Bärbel, mein Bruder und ich stehen in unserem Flur und machen schnell die Tür zu. Rein in die Küche, atemlos hängen wir um den Küchentisch. Plötzlich blitzt und donnert es draußen besonders heftig. Bärbels Mutter hat auch schon bei uns gewartet, und sie ist sehr froh, dass sie ihre kleine Tochter wohlbehalten auf den Arm nehmen kann.

Das war aber wirklich knapp. Nun bin ich aber sehr gespannt, mit welchem Trick Annegret die kleine Bärbel nicht nur zum Weitergehen, sondern sogar zum Laufen überreden konnte. Gleich wird sie es uns erzählen. Aber gerade das tut Annegret nicht. »Das ist das Geheimnis von uns beiden«, antwortet sie auf alle Fragen, und sie blickt streng zu Bärbelchen, die schüchtern nickt. Direkt an Bärbel gewandt sagt sie: »Du hast es mir ganz fest versprochen, unser Geheimnis nicht zu verraten.«

Draußen gießt es in Strömen, von der überlaufenden Regenrinne plätschert das Wasser direkt auf die große Eingangsstufe vor der Haustür. Eine Weile lang kracht und blitzt es mit heftigem Wind und Regen. Nach einiger Zeit wird der Regen weniger und auch Donner und Blitze sind weitergezogen. In der Ferne grummelt es noch leise. Bärbel und ihre Mutter und auch Annegret können jetzt nach Hause gehen. Rasch überspringen sie die großen Pfützen vor der Haustür, und sie beeilen sich, denn es nieselt immer noch etwas.

Vor dem Einschlafen grüble ich noch eine ganze Zeit. Womit könnte Annegret die kleine Bärbel zum Weiterlaufen überredet haben? Warum erzählt sie es uns noch nicht einmal jetzt, nachdem wir alle gut zu Hause angekommen sind? Wird sie Bärbel heimlich etwas schenken, vielleicht eines von den großen Lackbildern oder sogar Geld? Doch so etwas könnte Annegret allemal erzählen. Was ist das Geheimnis? Womit kann man ein vollkommen erschöpftes kleines Mädchen überreden, nach Hause zu rennen, so schnell es kann?

Der Weg zur Badeanstalt war sehr lang, der Tag war aufregend, und im Nu bin ich eingeschlafen, ohne dass ich meine Überlegungen zu einem Ende bringen kann.

Ein reicher Mann

Die reichsten Leute in unserem Dorf, das ist zweifellos die Familie von unserem Milchmann Kampner. Die Eltern und ihre beiden erwachsenen Töchter betreiben ein kleines Milchgeschäft in der Feldstraße. Eine schmale Steintreppe führt nach unten in den Laden, wo es immer säuerlich nach Buttermilch und Käse riecht, manchmal noch etwas nach grüner Seife. Betritt man den Laden, ist dieser saure Geruch heftig, wenn man aber eine Weile warten muss, dann bemerkt man ihn überhaupt nicht mehr. Seit einiger Zeit hat unser Milchmann einen neuen Lieferwagen mit nur drei Rädern. Vorn ist ein großes Rad zum Steuern, hinten, wo die Ladefläche ist, sind zwei Räder. Das Auto sieht aus wie eine Spitzmaus, sagt Papa immer.

Mit so einem Tempo-Kleinlaster holt Herr Kampner jeden Morgen viele große Milchkannen, gefüllt mit Vollmilch, Magermilch und Buttermilch, aber auch Butter, Sahne und Quark aus der

Molkerei in unserem Nachbardorf. Auf der Ladefläche stehen die großen Kannen dicht nebeneinander. Scheppernd rumpelt er mit seiner Fuhre zu seinem Laden. Zwei kräftige Männer wuchten die schweren Kannen Stufe für Stufe die Kellertreppe hinunter. Dort werden die Kannen dann mit kreischenden Geräuschen über den Kellerboden in die Ecke geschoben. Der Tresen wird runtergeklappt und jetzt geht der Verkauf los.

Ich stehe schon eine ganze Zeit im Laden und bin die erste Kundin. Heute braucht Mama zwei Liter Vollmilch. Ich reiche meine Blechkanne rüber. Mithilfe eines 0,5-Liter-Messbechers mit einem langen Henkel wird die Milch aus der großen Kanne geschöpft und in meine kleine Kanne gegossen. Für zwei Liter Vollmilch muss ich 70 Pfennig bezahlen. Alle in unserem Dorf kaufen jeden Tag beim Milchmann ein. Heute ist die Schlange der Wartenden besonders lang. Auf jeder Stufe bis nach oben steht jemand, weiter bis zum Gartenzaun geht die Reihe der Anstehenden. Alle warten geduldig, bis die Milch bezahlt ist, um dann sehr erleichtert, an den vielen Wartenden vorbei, endlich nach Hause gehen zu können.

Eine richtige Mutprobe ist es, auf dem Weg nach Hause die volle Milchkanne im Kreis über den Kopf herumzuschleudern. Flink muss man die Kanne schwingen, zum Schluss sanft auspendeln lassen. Bekommt man es aber während des Schleuderns mit der Angst zu tun, stoppt man die Drehung ab, dann passiert ein gewaltiges Unglück. Dann schwappt die Milch von oben und auch von den Seiten aus der Milchkanne. So ein Unglück habe ich nur ein einziges Mal beobachtet. Der eben noch so vergnügte Michael war von oben bis unten mit Milch bekleckert, die Jacke, die Hose, alles milchnass. Die Milch tropfte ihm von Nase und Kinn, und Michael hatte außerdem noch Angst vor dem Ärger, der ihm ja auch noch zu Hause bevorstand. Aber wenn man beherzt die Kreise mit der Kanne zieht, dann geht kein Tropfen verloren. Es wird eine großartige triumphale Vorführung und die Bewunderung aller Umstehenden ist dem mutigen Jongleur gewiss. Ich selbst mache das nicht; wenn die großen Jungen das fertigbringen, dann ist das für mich aufregend genug, und schließlich sind 70 Pfennig sehr viel Geld.

Bei gewittriger Luft im Sommer kann es passieren, dass die eben gekaufte Milch schon einen Stich hat, sie ist etwas sauer. Das ist aber kein großes Unglück. Die angesäuerte Milch wird in vier kleine Schüsseln gegossen. Bis zum Abend ist dann daraus Dickmilch mit einer buttergelben Rahmschicht geworden. Zum Abendbrot gibt es dann Dickmilch mit geriebenem Schwarzbrot, etwas Zucker und ein wenig geriebener Zitronenschale. Das sieht nicht nur vortrefflich aus, das schmeckt auch richtig lecker. Für den Obstkuchen am Sonntag holen wir uns manchmal einen Viertelliter Schlagsahne bei unserem Milchmann. Mit einem Handmixer wird die Sahne dann steif geschlagen. Für unsere Eltern gibt es am Sonntag richtigen Kaffee, für meinen Bruder und für mich einen Becher mit Kakao, dazu Obstkuchen mit Schlagsahne, das ist dann ein richtig schöner Sonntag.

Nun hat sich unser Milchmann noch etwas Neues ausgedacht. In der warmen Jahreszeit stellt er am Wochenende einen großen Eiskasten mit drei verschiedenen Sorten Eis auf die Ladefläche seines dreirädrigen Kleinlasters: Vanille, Schokolade und Erdbeere. Eine Kugel Eis in einer kleinen Waffeltüte kostet 10 Pfennig. In unserer Straße gibt es eine Einbuchtung, dort ist die Abkürzung quer rüber zur Siedlungsstraße, hier kann er gut mit seinem Eisauto stehen. Gut gelaunt steht er vor seinem Kleinlaster und bimmelt mit einer wuchtigen Messingglocke in alle Richtungen. Wenn wir Kinder das hören, dann holen wir uns ganz schnell 10 Pfennig und rennen zum Eismann. Heute ist es richtig heiß, das passende Wetter zum Eisessen. Nacheinander bekommt jeder seine Eistüte, manchmal dauert es etwas länger, wenn die Entscheidung schwerfällt, welches Eis man denn nun nehmen soll. Geduldig warten alle Kinder. Auch Bärbel und Annegret stehen in der Warteschlange. Bärbel durfte noch nie ein Eis essen, weil ihre Mutter meint, dass das Eis zu kalt im Bauch ist und dass man davon krank wird. Sonst hat Bärbelchen immer bei den anderen Kindern zusehen müssen, wie die genießerisch ihr Eis geschleckt haben.

Heute ist das anders. Heute kauft Annegret für Bärbel und für sich ein sahniges, rosarotes Erdbeereis in einer knusprigen Waffeltüte. Sehr vorsichtig balanciert Bärbel diese Köstlichkeit bis zu dem langen Baumstamm, der an der Seite der Straße liegt. Hier sitzen wir alle nebeneinander und genießen unser cremiges süßes Eis.

Und jetzt kennen wir auch alle das Geheimnis von Bärbel und Annegret – aber das wird nicht verraten!

Die Beine von Dolores

Manchmal hat man Glück, und wenn man mehrmals Glück hat, dann nennt man das eine Glücksphase.

Die Dermitzels haben zum alljährlichen Sommerfest eingeladen. Die Dermitzels sind schon sehr alt, ich glaube, Herr Dermitzel ist sogar schon über vierzig. Jedes Jahr im Hochsommer lädt das Ehepaar zu einem allseits beliebten Sommerfest ein. Die Oma von Susanne, die uns an diesem Abend ins Bett bringen sollte, hat eine starke Erkältung, und Tante Inge, die uns auch manchmal betreut, ist selbst eingeladen, zweimal Glück gehabt. So kommt es, dass unsere Eltern uns mitnehmen müssen. Das ist auch nicht weiter schwierig, denn die Dermitzels haben Kinder gern. Mein Bruder und ich versprechen, uns sehr gut zu benehmen, und das werden wir auch tun.

Die Aussicht, mit den Erwachsenen bis in die Nacht feiern zu dürfen, gefällt uns sehr, etwas Schöneres kann uns nicht passieren. Mein Bruder und ich bekommen vor der Feier unser Abendbrot, damit wir nicht so hungrig sind. Unsere Eltern teilen sich eine Dose Ölsardinen, denn sie wollen eine gute Grundlage für die verschiedenen Getränke des Abends haben.

Mama hat ihr »Lungenentzündungs-Kleid« an, ein blaues Spitzenkleid mit einem ganz großen Ausschnitt, Papa sieht auch sehr gut aus mit seinem dunkelgrauen Anzug und dem blau gestreiften Schlips. Mein Bruder und ich haben unsere Sonntagskleidung an, ich trage meine neuen Lackschuhe, es ist schon ein recht aufregendes Ereignis. Zum Schluss verteilt Mama noch ein bisschen Uralt-Lavendel-Parfüm in ihrem Haar und ich bekomme auch ein paar Tropfen ab.

Wir sind die Letzten, die bei dem Ehepaar Dermitzel ankommen, alle warten schon auf der Terrasse vor dem Wohnzimmer auf uns. Papa hat sein Akkordeon in dem passenden Instrumentenkoffer mitgebracht. Herr Dermitzel bringt ein Tablett mit kleinen Gläsern zu uns, gefüllt mit selbst gemachtem Schlehenlikör, für meinen Bruder und für mich ein kleines Glas mit Himbeersaft. Alle stoßen wir mit den kleinen Gläsern an, Herr Dermitzel nickt in die Runde und begrüßt seine Gäste mit einer kleinen Rede. »Ich wünsche uns allen einen vergnüglichen Abend«, damit beendet er seinen Willkommensgruß.

Tagsüber ist es sehr heiß gewesen, jetzt am Abend ist es etwas kühler, sehr angenehm. Etwas von der Hitze des Tages hat sich in den Steinplatten auf der Terrasse und im weichen Moos gehalten. Es sind so viele Gäste, dass der große Tisch und die Stühle auf der Terrasse nicht ausreichen, einige stehen schon auf dem moosigen Rasen unter den alten Kiefern, deren lange Nadeln überall im Gras und im Moos liegen. Onkel Clemens und Herr Hoffmann holen die Holzbank aus der Küche, nun können alle draußen sitzen.

Auf dem breiten Tisch stehen ein großes Glasgefäß mit Pfirsichbowle und eine riesige Schüssel mit Nudelsalat. Tante Inge schenkt aus, in jedes Glas drei Stückchen Pfirsich und dann eine Kelle Bowle darüber, Nudelsalat kann sich jeder selbst nehmen.

Das Grammofon steht auf einem kleinen Extratisch, daneben ein großer Stapel Schallplatten. Jede Platte steckt in einem Kuvert, in dessen Mitte ein kreisrunder Ausschnitt ist, sodass man den Titel und den Namen des Sängers lesen kann. Die schwarzen Platten haben die Größe eines normalen Esstellers. Das Grammofon wird mit einer Kurbel aufgezogen, nicht zu wenig aufziehen, sonst eiern die Lieder, der Gesang wirkt verschleppt und dunkel, auch nicht zu stramm aufziehen, dann läuft die Platte zu schnell und man hört nur ein hohes unverständliches Gequake.

Ich darf eine Platte aussuchen, die »Capri-Fischer« finde ich besonders schön. Mein Bruder hat das Grammofon schon aufgezogen und ich lege die »Capri-Fischer« auf den rotierenden Plattenteller. Ganz vorsichtig wird die spitze Nadel, die sich zur Tonabnahme am Kopf eines Hebelarms befindet, auf die äußerste Rille der Platte aufgesetzt. »Ah... schön«, zustimmendes Nicken und strahlende Augen sind der Erfolg.

Beim Refrain wiegen sich die Gäste im Takt und singen mit:

>»Bella, bella, bella, bella Marie,
>bleib mir treu,
>ich komm zurück morgen früh.
>Bella, bella, bella, bella Marie,
>vergiss mich nie.«

Bei jedem Abspielen einer Platte bildet sich an der Nadel ein kleines Staubkügelchen. Mit einem sauberen Taschentuch wird der Staub von der Nadel entfernt und es kommt die nächste Scheibe.

>»Das machen nur die Beine von Dolores,
>dass die Señores
>nicht schlafen gehn.«

Alle jubeln und singen mit. Manchmal verstehe ich es wirklich nicht, warum ein Schlager so beliebt ist. Was sollen die Beine von Dolores schon machen? Also, meine Beine sind meistens ziemlich zerkratzt vom Gestrüpp unten an der Warnau. Die Beine von Mama und den anderen Frauen sehen eigentlich auch nicht besonders hübsch aus. Seit einiger Zeit ist es nämlich modern, sich von der Hacke bis zur Kniekehle mit einem Augenbrauenstift einen senkrechten Strich auf das Bein zu malen. Dieser Strich soll die dunkle Naht der wertvollen Nylonstrümpfe vortäuschen.

Das sieht zunächst auch recht echt aus, so als trage man den edlen Strumpf. Mit der Zeit aber, beim Sitzen und bei der Bewegung, verschmiert dieser Strich, letztlich sieht es aus wie gewöhnlicher Schmutz am Bein.

Die nächste Platte ist von einem sehr jungen Sänger, Bully Buhlan, der in der letzten Zeit sehr bekannt geworden ist. Ein gefühlvolles Lied.

»Ich hab noch einen Koffer in Berlin,
der bleibt auch dort,
denn das hat seinen Sinn,
auf diese Weise lohnt sich die Reise,
denn wenn ich Sehnsucht hab,
dann fahr ich wieder hin.«

Die Texte dieser Schlager kennen alle ganz genau, denn man hört viel Radio. Auch bei uns ist das Radio den ganzen Tag angeschaltet. Mein Bruder und ich passen auf, dass wir den Kinderfunk am Sonntag um 14.00 Uhr hören können. Gerne hören wir beide auch Tiersendungen. Die letzte war über die Winterfütterung der Wildtiere. Es gibt so viel im Radio zu hören, am Vormittag gibt es den Schulfunk, den Landfunk, am Nachmittag den Kinderfunk, den Suchdienst, am Abend dann Hörspiele, Opern und noch vieles mehr. Dazwischen immer wieder die Nachrichten. Mit Vergnügen hören wir beide auch Schlager. Die meisten Schlagersendungen gibt es am Wochenende, so »Frohes Wochenende« oder »Unser Samstagnachmittag«, hier hört man die neuesten Schlager.

Nun wird eine ganz neue Schallplatte aufgelegt, die mit der Zitherballade aus dem Film »Der dritte Mann«. Diesen Film haben mein Bruder und ich nicht gesehen, aber unsere Eltern schwärmen von ihm. Die Filmmusik mit der Zither ist ohne

Gesang, ganz anders als die anderen Schlager, ein bisschen unheimlich und spannend.

Danach spielt Papa wieder auf dem Akkordeon. Damit kann er richtig Stimmung machen. »Nimm uns mit, Kapitän, auf die Reise, nimm uns mit in die weite, weite Welt«. Immer lauter und ausgelassener werden die Musik und der Gesang.

Der Nudelsalat schmeckt allen vorzüglich – und die Bowle, glaube ich, auch. Jetzt werden Witze erzählt, die ich meistens nicht verstehen kann. Entweder spricht der Erzählende zu leise, oder ich verstehe nicht genau, was der Witz ist. Aber es ist so komisch, wenn Onkel Clemens dröhnend laut »Hö, hö, hö,« lachen muss und sich mit den Händen auf seine Schenkel klatscht. Tante Maria lacht ganz hoch und schrill und quietscht dabei. Mama lacht leise und gluckst in sich hinein, Frau Hoffmann schüttelt sich vor Lachen und wischt sich die Tränen aus dem Gesicht, während Papa sich bebend über seinem Akkordeon zusammenrollt.

Je später der Abend, desto unauffälliger verhalten mein Bruder und ich uns, zu gerne feiern wir mit den Erwachsenen. Wo die Toilette ist, das wissen wir, und wenn wir Durst haben, dann gehen wir beide in die Küche. Über dem Ausguss befindet sich ein Wasserhahn, verlängert mit einem dünnen roten Gummischlauch, damit es in der Küche beim Hantieren mit dem Wasser nicht so spritzt. Diesen Wasserschlauch nehme ich in den Mund, dann dreht mein Bruder den Hahn auf, ich trinke, ohne dass es plätschert und spritzt. Dann trinkt mein Bruder. Wichtig ist es, den Wasserhahn nur sanft aufzudrehen, damit man mit dem Schlucken mitkommt. Das klappt wunderbar mit meinem Bruder und mit mir, denn das haben wir schon viele Male geübt.

»Einen nehmen wir noch, dann gehen wir«, sagt Onkel Clemens. Doch diesen Spruch wiederholt er oft, der ist nicht so ernst gemeint, dafür feiert Onkel Clemens viel zu gerne.

Es ist wirklich schon sehr spät. Der Nudelsalat ist längst aufgegessen, die Schüssel sauber ausgekratzt. Frau Dermitzel und Tante Inge machen noch schnell ein paar Häppchen, kleine Brotstückchen, lecker belegt.

Es wird viel gelacht, gesungen, getanzt, geraucht und gegessen und getrunken. So ausgelassen und heiter war die Stimmung lange nicht.

Im Nebenzimmer ist ein kleines Sofa, auf das sich mein Bruder und ich nun setzen. Wir haben uns auf einem Teller ein paar Häppchen mitgenommen, die wir hier in aller Ruhe aufessen wollen. Von der Terrasse hören wir die Musik und Gelächter. »Die Beine von Dolores« laufen schon wieder. Aber die Musik wird immer leiser, wirklich sehr leise, wie in weiter Ferne …

… Und dann wache ich in meinem Bett auf, es ist schon hell. Mein Bruder liegt auch in seinem Bett – und ich denke, dass heute Sonntag ist.

Tag und Nacht

Die schönste Jahreszeit ist der Sommer, seit einer Woche schon haben wir flirrende Hitze, bis spätabends ist es angenehm warm. Mittags sind die runden Steine vom Kopfsteinpflaster der Dorfstraße so heiß, dass wir sie ohne Schuhe nicht mehr betreten können, ohne uns die Fußsohlen zu verbrennen. Herrliche Ferienzeit, wir spielen von morgens bis abends draußen, barfuß natürlich. Wir haben kleine Zinkwannen mit Wasser gefüllt. In der Sandkiste werden Sand und Wasser angerührt, gebacken und gekocht. Macht nichts, wenn wir beim Matschen nass werden, es ist den ganzen Tag so heiß, dass alles sofort wieder trocknet.

Überall in unserer Straße sind die Fenster weit geöffnet, man hört Tanzmusik, die Nachrichten, Gelächter, manchmal auch lauten Streit. Schräg gegenüber übt der Onkel von Renate Geige. Der erste Teil seiner Übungen hört sich schon recht gut an, doch dann kommt eine Folge von sehr hohen Tönen, und wenn die Geige dann ganz hoch zittert, stockt er, wiederholt noch einmal bis zur gleichen Stelle, noch einmal, noch einmal, immer wieder.

Heute haben wir schon im schattigen Hof meiner Freundin geschaukelt, in der Sandkiste wurde es mit der Zeit zu heiß. Jetzt sind wir so viele Kinder, dass wir doch einmal wieder die »Meiersche Brücke« spielen könnten. Alle Kinder haben Lust dazu. Zwei Kinder stehen sich gegenüber und bilden mit ausgestreckten Armen, an den Händen gefasst, die »Meiersche Brücke«. Alle Kinder singen das Lied und gehen nacheinander unter dieser Brücke hindurch.

»Die Meiersche Brücke,
die Meiersche Brücke,
die ist so sehr zerbrochen.
Wer hat sie zerbrochen,
wer hat sie zerbrochen?
Ein Mann und seine Tochter,
der erste nicht,
der zweite nicht,
der dritte wird gefangen.«

Beim dritten Kind fallen die Arme der beiden Brücken-Kinder
runter und ein Kind wird festgehalten. Jetzt kann der Gefangene
ein Rätsel lösen. Ist die Lösung richtig, dann kommt er in den
Himmel und wird von den beiden Brücken-Kindern sanft auf
den Händen geschaukelt. Ist die Lösung falsch, dann kommt
das Kind in die Hölle und wird unter lautem Gejohle der Umstehenden von den Brücken-Kindern geschubst, durchgerüttelt
und hin und her gestoßen, und dann geht es wieder von vorn los.
Und genau dann, wenn wir am allerschönsten spielen, werden
wir zum Abendbrot gerufen, das ist immer so. Heute dürfen wir
wenigstens die letzte Brücke noch zu Ende spielen.

Wenn uns aus dem Robinsonbuch vorgelesen wird, gehen mein
Bruder und ich manchmal schon etwas lieber ins Bett, weil die
Abenteuer von Robinson sehr spannend sind.

Robinson hatte noch einige wilde Ziegen gefangen, die ihm
Milch und Butter gaben. Eines Tages entdeckte er im Sand
einen Fußabdruck. Sollte seine Insel doch bewohnt sein? Er
bekam große Angst. Dann beobachtete Robinson braune Män-
ner beim Feuer, die ihre Mahlzeit am Strand gerade beendet
hatten. Danach fand er menschliche Knochen im Sand. Er war
sehr erschrocken und auch wütend. Wieder verging eine lange

Zeit, nichts passierte. Doch eines Tages kam eine ganze Gruppe mit ihren Booten. Zwei Gefangene sollten getötet und dann gegessen werden. Einer der Gefangenen konnte fliehen und Robinson rettete ihn mit seinem Gewehr vor den Verfolgern.

Heute war das Vorlesen fast ein bisschen gruselig, sodass mein Bruder und ich lange nicht einschlafen können. Draußen ist es immer noch richtig hell und wir schwatzen noch eine Weile. Und dann kommt uns ein grandioser Gedanke: Wie wäre es denn, wenn wir einmal draußen schlafen würden? Endlos reden und lachen. Ob wir das dürfen?

Weißt du,
wie viel Sternlein stehen?

Am nächsten Morgen beim Frühstück fragen wir Mama, ob wir beide heute nicht einmal draußen übernachten dürfen. »Aber warum wollt ihr denn draußen schlafen?«, fragt Mama. »Weil wir jedes Mal dann zum Abendbrot gerufen werden, wenn wir am schönsten spielen, und wenn wir draußen schlafen, dann können wir die ganze Nacht erzählen, singen und uns Geschichten ausdenken. Außerdem hat Opa uns beiden so viel von den Sternen erzählt, vom Großen Wagen und vom hellen Polarstern. Er hat uns auch noch erklärt, wie man den Polarstern am Himmel finden kann. Wenn wir draußen schlafen, dann haben wir die ganze Nacht Zeit, die Sterne zu suchen und die Sternschnuppen zu zählen.«

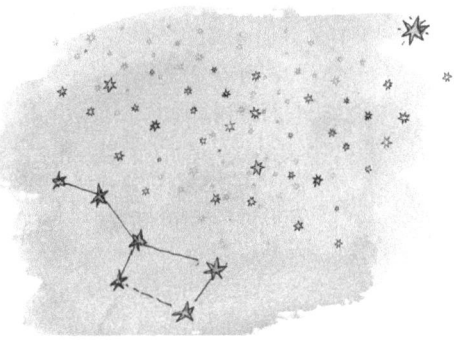

Wir haben uns schon überlegt, dass wir unsere Klappliegestühle mit Fußstütze nehmen könnten. Wir nehmen Wolldecken als

Unterlage, und eine Wolldecke nehmen wir zum Zudecken. Mama hat nichts dagegen, aber sie meint, dass wir noch einige Freunde fragen sollten, ob sie nicht auch Lust hätten, draußen zu schlafen. Lust haben die bestimmt, aber ob sie das auch dürfen? Zuerst gehen wir zu Uwe und Heidi. Die Mutter von Uwe und Heidi lacht. »Wie kommt ihr denn auf so eine Idee?« Und dann erzählen wir, dass wir immer, wenn wir am schönsten spielen, ins Bett müssen, auch wenn wir noch überhaupt nicht müde sind. Als sie das hört, lacht sie immer noch, aber sie erlaubt es. Jetzt sind wir schon vier Kinder, die draußen übernachten dürfen. Alle zusammen gehen wir zu meiner besten Freundin Ditha. Sie ist ein sehr zartes dünnes Mädchen. Wenn sie lacht, dann sieht man ihre hübschen Grübchen im Gesicht. Hoffentlich darf sie, denn sie friert so leicht und sie ist auch sehr oft erkältet. Ditha findet unser Vorhaben so aufregend und spannend, dass ihre Mutter ihr die Freude nicht verderben mag. »Habt ihr denn ein Zelt?«, fragt sie uns. »Nein, wir wollen im Freien auf Liegestühlen schlafen. Wenn es regnet, gehen wir rein«, erklären mein Bruder und ich.

So, nun sind wir schon fünf Kinder, die das dürfen. Jetzt gehen wir zu dem Jungen, den alle »Sohnemann« nennen. Der Arme wird meistens als Erster zum Abendbrot gerufen. Dann ärgert Sohnemann sich so sehr, dass er vor der Eingangstür anfängt zu trampeln. Vor dem Eingang liegt ein Fußabtreter aus Blechstreifen, und das scheppert dann immer ganz laut, wenn er wieder trampelt. Sohnemann wohnt mit seiner Oma und seiner Mutter zusammen. Seine Mutter wird Greta Garbo genannt und sie sieht ein bisschen merkwürdig aus. Ihre Augenbrauen sind ganz dünne schwarze Striche auf der Stirn und ihre Lippen sind groß und dunkelrot. Heute ist die Mutter von Sohnemann nicht zu Hause, und seiner Oma ist es zu gefährlich, ihn draußen schlafen zu lassen. Schade, Sohnemann ist sehr traurig, denn er darf eigentlich nie etwas mitmachen. Bärbelchen ist natürlich zu klein, nachher fängt sie noch mitten in der Nacht an zu weinen. Hans-Jürgen und Renate haben viele Geschwister, bei denen ist es immer laut und lustig, und sie dürfen natürlich auch bei unserem nächtlichen Abenteuer mitmachen. Jetzt sind wir schon sieben Kinder.

Seitlich von unserem Haus stellen wir sieben Liegestühle in einer Reihe auf. Mein Bruder und ich sammeln alle Wolldecken, die wir haben, zusammen. Jeder von uns hat zwei Wolldecken als Unterlage und zwei Wolldecken als Zudecke, und außerdem gibt es noch ein Kopfkissen für jeden. Die Liegestühle haben wir flach gestellt, damit man möglichst gut liegen kann.

Heute ist alles vollkommen anders. Den ganzen Tag hoffen wir, dass wir endlich schlafen gehen können. Abendbrot essen, waschen, das geht alles sehr schnell, und auf das Vorlesen verzichten mein Bruder und ich heute. Es ist noch hell und angenehm mild. Mama meint, dass wir nicht unsere Nachthemden anziehen sollten, sondern warme Hosen und Jacken. Wir machen das, obwohl das bei dieser Wärme eigentlich vollkommen unnötig ist. Und nun warten wir alle sehnsüchtig darauf, dass es endlich dunkel wird. Wir vertreiben uns die Zeit noch ein bisschen mit Probeliegen und Erzählen. Hans-Jürgen muss natürlich wieder etwas Aufregendes erzählen, von einem Einbrecher, der mit einem Hammer eine Scheibe eingeschlagen hat. Es ist immer noch hell und von seinen Gruselgeschichten lassen wir uns keine Angst einjagen. Wir kuscheln uns in unsere Wolldecken und freuen uns auf eine aufregende Nacht. Meine Freundin Ditha liegt neben mir, auf meiner anderen Seite liegt mein Bruder. Ich habe Ditha noch eine von meinen Wolldecken abgegeben, weil sie immer so leicht friert. Alle zusammen singen wir »Guten Abend, gute Nacht«, und Uwe schneidet Fratzen dazu, aber wir singen das Lied trotzdem zu Ende. Es ist schon schummrig geworden, doch es dauert immer noch, bis es dunkler wird. Da muss man viel Geduld haben. Heidi erzählt noch vom Besuch ihrer Tante Doris, und ich stelle mir vor, wie der Polarstern im Dunklen ganz hell funkelt.

Bei diesen Überlegungen muss ich wohl eingeschlafen sein. Als ich mich umdrehen will und aufwache, ist es stockfinster, aber kein einziger Stern ist zu sehen. Vielleicht sind Wolken am Himmel, denke ich, wir müssen noch weiter abwarten. Ich kuschele mich wieder ein. Als ich dann das nächste Mal aufwache, da dämmert es schon, und obwohl es noch halbdunkel ist, zwitschern die Vögel schon richtig laut. Sie flöten, pfeifen und singen, als ob sie sich alle auf den beginnenden Tag freuen. Auch um diese Zeit sind leider keine Sterne zu sehen. Alle schlafen noch ganz ruhig. Ich bin jetzt aufgewacht, weil ich so entsetzlich friere, Arme, Beine, sogar mein Bauch, alles zittert und auch mein Kopf ist eiskalt. So habe ich noch nie gefroren. Ich rubble und klopfe meine Arme und Beine, und einen Zipfel der Wolldecke wickle ich fest um meinen Kopf. Nun geht es ein bisschen besser. Ich hätte auch zwei Wolldecken nehmen sollen, dann wäre ich nicht so durchgefroren. Für eine Weile döse ich noch mal ein und endlich bewegt sich auch mein Bruder. Er hat gut geschlafen, wir flüstern leise. Langsam regen sich auch Ditha, Renate und die anderen. Es ist so ungewohnt, mit allen seinen Freunden aufzuwachen. Alle sind irgendwann in der Nacht einmal aufgewacht, aber niemand hat die Sterne gesehen, und gefroren hat außer mir auch keiner.

So schön habe ich mir eine Sommernacht draußen mit Freunden vorgestellt, so leicht konnten wir unsere Freunde zum Mitmachen überreden, und jetzt bin ich nur noch glücklich über einen heißen Kakao, der in der Küche schon duftet und der mich von innen wärmen soll, und ich freue mich jetzt schon auf mein weiches warmes Bett am Abend.

Manchmal ist die Vorfreude auf das Erträumte das Schönste an einem Erlebnis und so ist es auch bei uns gewesen.

Gefährliche Tiere

Der Sommer ist so angenehm, es ist wohltuend warm, die Kleidung ist leicht und luftig. Auf dem Heimweg von der Schule haben meine Freundin und ich sogar unsere Sandalen in der Hand und wir bummeln heiter schwatzend nach Hause. Mit einem Mal kommt blitzschnell aus dem seitlichen Gebüsch eine große Schlange, die sich hastig über die Straße ringelt. Die schnelle schlängelnde Fortbewegung ohne Füße finde ich unheimlich und bedrohlich. Ich bin so aufgeregt, dass ich nicht erkennen kann, ob es eine harmlose Ringelnatter mit den markanten gelben Flecken am Kopf oder eine giftige Kreuzotter mit der dunklen Zickzackzeichnung auf dem Rücken ist. Meine Freundin ist etwas gelassener, sie meint, dass Schlangen selten angreifen, weil sie sehr scheu sind. Tatsächlich ist die Schlange sofort wieder im Gras auf der anderen Seite verschwunden. Wir sind noch nie gebissen worden, aber erschreckt habe ich mich jedes Mal.

Ganz anders ist es mit den großen weißen Gänsen von Herrn Treptow, die im Sommer frei auf der Straße herumwatscheln. Die haben mich schon öfter gebissen und das ist sehr schmerzhaft. Wenn mein Bruder und ich in die Schule gehen wollen, dann warten die Gänse schon auf uns, denn sie sind Frühaufsteher.

Eine Schar von acht Gänsen und ein kräftiger Ganter laufen mit ausgebreiteten Flügeln laut schnatternd hinter uns her. Sofort kneifen die Gänse mit ihren kräftigen gelben Schnäbeln in die Beine oder auch in die Arme, in alles, was sie zu fassen kriegen, und dann gackern sie zufrieden. Die Folge davon sind

Schürfwunden, blaue Stellen, blutunterlaufene Flecken – mein Bruder und ich haben richtige Angst.

Doch jetzt geht es uns besser. Seit ein paar Tagen steht ein dicker Stock neben unserer Haustür. Morgens nimmt Mama den Stock in die Hand und sie begleitet uns damit bis zur Dorfstraße. Sie fuchtelt mit dem Stock und schlägt damit nach den Tieren, laut lärmend weichen die Biester zögerlich zurück. Das klappt jeden Morgen wunderbar. Frühmorgens trägt Mama noch ihren langen blauen Morgenrock mit den weißen Punkten, denn sie wäscht sich später in aller Ruhe, wenn wir beide in der Schule sind.

Viele Tage im Sommer beginnen so. Heute früh geht Mama voraus, und ich sehe nur noch, wie sie mit ihrem langen Morgenrock durch eine Unebenheit auf der Straße ins Stolpern gerät und auf die Straße stürzt. Sofort kommt der dicke Ganter schrill gackernd und wild mit den Flügeln schlagend auf sie zugelaufen. Mit seinen Flügelknochen prügelt er auf sie ein, mit seinem Schnabel reißt er an ihren Locken. Zunächst sieht es so aus, als wenn Mama zittert, doch bei genauerem Hinsehen erkenne ich, dass Mama lacht, sie lacht ganz leise und ihr Körper bebt dabei. Doch nun steht sie auf, nimmt den Stock in die Hand und verscheucht die Gänse ganz energisch, sodass sie endlich auf die andere Straßenseite watscheln.

Wir selbst haben keine Gänse, aber wir haben im Sommer ein paar Hühner, die uns mit Eiern versorgen. Zu besonderen Anlässen bekommen wir auch mal ein Zuckerei, das wir dann mit einem kleinen Löffel ganz langsam genießen. Eier braucht man zum Kochen, zum Backen und für Mayonnaise. Falls die Hühner mehr Eier legen, als wir aktuell brauchen, bereitet Mama Soleier zu. Die gekochten Eier werden in gewürztes Essigwasser gelegt und sind dann sehr lange haltbar und außerdem sehr lecker.

Um nicht für die Hühner in aller Frühe aufstehen zu müssen, hat Papa für sie eine praktische Klappe konstruiert. Die Hühner treten beim Ausgang auf ein kleines Brett, dann wird durch ihr Gewicht über eine Garnrolle die Ausgangsklappe hochgezogen, sodass die Tiere bei Sonnenaufgang über eine Hühnerleiter[6] in den Garten gehen können. Tagsüber steigen sie zurück zu ihrem Nest, um ein Ei zu legen. Wenn sie das Ei gelegt haben, dann gackern die Tiere eine Weile, danach gehen sie wieder über die Leiter in den Garten und kratzen mit ihren Krallen im Erdboden, um nach Würmern zu suchen. Abends gehen die Hühner selbstständig in den Stall auf ihre Stange, wo sie den Kopf unter ihre Flügel stecken und schlafen. Am Abend wird die Hühnerklappe zugemacht.

Die Hühner nisten oben im Stall, unter ihnen lebt unsere weiße Ziege Limmy. Jeden Tag gibt Limmy uns Milch, immer den blauen Milchtopf voll. Damit kocht Mama Milchreis, Pudding oder Eiermilch. Die reine Ziegenmilch trinken mein Bruder und ich nicht so gerne, denn sie schmeckt so, wie die Ziege riecht. Unsere Eltern wollten uns nicht glauben, dass unsere Limmy uns schubst und stößt. Wenn unsere Eltern nicht dabei sind, nimmt die Ziege einen Anlauf und rennt auf uns zu, um uns den gesenkten Kopf in den Leib oder in den Rücken zu stoßen. »Unsere Limmy ist doch ein liebes sanftes Tier«, meint Mama. Doch einmal sind unsere Eltern nur um die Ecke gegangen, um dann vorsichtig zu lauern, was die Ziege jetzt wohl macht. Tatsächlich, kaum sind unsere Eltern aus dem Blickfeld verschwunden, geht Limmy ein paar Schritte zurück, um uns dann mit gesenktem Kopf heftig zu schubsen.

Wenn man bedenkt, wie raffiniert Limmys Angriffe auf uns Kinder ablaufen, dann kann man sie wirklich nicht als eine »dumme Ziege« bezeichnen.

---

6   Eine Hühnerleiter ist ein Brett, auf dem in Abständen Querstäbe angebracht sind, damit die Hühner beim Auf- und Absteigen mit ihren Krallen Halt finden.

Kindergeburtstag

Meine Freundin Ditha hat am 30. August Geburtstag – ein schöner Monat zum Feiern von Kindergeburtstagen, denn Ende August ist meistens gutes Wetter. Heute können wir sowohl drinnen als auch draußen spielen. Es sind sechs Mädchen, mein Bruder und Uwe eingeladen. Unser Geschenk ist eine Lage Lackbilder von Schneewittchen für ihr Märchen-Sammelalbum, zudem bekommt Ditha einen Strauß Ringelblumen aus unserem Garten. Alle Gäste sind sehr pünktlich um 15.00 Uhr bei meiner Freundin eingetroffen. Es gibt Sandtorte und wir trinken Apfelsaft dazu. Nicht den trüben selbst gemachten Saft, nein, heute ist ein Feiertag, heute gibt es den goldgelben klaren Apfelsaft. Den muss man kaufen, so etwas kann man nicht selbst herstellen.

Mit der Sandtorte fängt die Aufregung schon an. Frau Rosen hat einen Ring eingebacken, und derjenige, der in seinem Kuchenstück den eingebackenen Ring findet, darf mit dem Topfschlagen anfangen. Es ist Renate, die dieses Glück hat. Erst einmal bekommt sie einen dicken Schal über die Augen gebunden, damit sie nichts mehr sehen kann. Danach wird ein Kochtopf, unter dem einige Süßigkeiten liegen, leise versteckt. Nun bekommt Renate zwei Holzlöffel, wird ein paarmal gedreht, und endlich kann die Suche beginnen. Lautes Gejohle und Gekicher begleiten ihre Bemühungen. Dieses Mal ist die Suche besonders schwer, denn der Topf ist unter einem Stuhl versteckt. Es dauert sehr lange, bis Renate den Topf gefunden hat und erleichtert mit den Holzlöffeln auf den Topf schlägt. Der Reihe nach kommt jeder dran, jedes Mal wird viel gekichert und gelacht.

Das nächste Spiel findet draußen statt, Sackhüpfen, und das geht so: Zwei Kinder bekommen jeweils einen großen Jutesack. Man steigt mit den Beinen in den Sack und zieht ihn bis zur Taille hoch. Der Sack muss mit den Händen fest zusammengehalten werden. Von einer im Sand gezogenen Linie im Hof bis zum Hackklotz reicht die Wetthüpfstrecke. Auf ein Zeichen hin hüpfen die beiden Kinder los, angefeuert von den restlichen Geburtstagsgästen. Der Erste bekommt zwei Bonbons, der Zweite bekommt nur einen Bonbon. Der Sieger darf sich seinen Gewinn aus einer Schüssel mit Himbeerbonbons, Dauerlutschern, Silberlingen und Karamellbonbons aussuchen. Ein Spiel, das uns sehr viel Spaß macht.

Danach steht Eierlaufen auf dem Programm, auch ein sehr lustiges Spiel. Zwei Kinder erhalten je einen Esslöffel und ein Ei, eigentlich sollte das Ei roh sein, doch wegen der häufigen Unglücke sind die Eier hart gekocht. Jedes Kind balanciert beim Laufen das Ei auf einem Löffel, wieder um die Wette und auf derselben Strecke wie beim Sackhüpfen.

Zum Schluss wartet noch das beste und aufregendste Spiel auf uns: Schokoladen-Wettessen. Alle Gäste sind um den Küchentisch versammelt. Eine Tafel Blockschokolade, kunstvoll eingepackt in diverse Zeitungsseiten und Packpapier, mit reichlich Paketband verschnürt, liegt auf dem Tisch. Daneben eine Pudelmütze, ein Schal und Handschuhe. Außerdem liegen noch Messer und Gabel sowie zwei Würfel auf dem Tisch bereit. Das Geburtstagskind darf natürlich zuerst würfeln. Wer zweimal die Sechs würfelt, setzt sich schnellstens die Mütze auf, bindet sich den Schal um und zieht die Handschuhe an. Anschließend muss er mit Messer und Gabel das Bindeband zerschneiden und die Schokolade auspacken. Das Ziel ist es, ein Stück Schokolade mit Messer und Gabel zu essen, wobei man nur so lange Zeit hat, bis der nächste Spieler zwei Sechsen würfelt. Dann werden sofort

Handschuhe, Mütze und Schal getauscht. Jeder Wechsel wird laut angefeuert. Dem Spielenden werden vom nächsten Wettkämpfer Handschuhe, Mütze und Schal förmlich entrissen, es muss ja schnell gehen. Manchmal wird man sofort abgelöst, es kann aber auch sein, dass es eine Weile dauert, bis der Nächste drankommt. Gelegentlich kommt es vor, dass ein Kind ganz genüsslich ein oder zwei Stückchen Blockschokolade verspeist, sehr zum Ärger der übrigen Mitspieler. Ein wunderbares Gefühl ist es, ein großes Stück dieser derben Schokolade zu zerbeißen und zu verzehren. Das ist ein sehr wildes Spiel. Alle Kinder schreien vor Aufregung, es ist ein Riesenspaß mit viel Gejohle und Gelächter. Keine Schokolade schmeckt so gut wie dieser einige Male auf den Boden gefallene, zäh verteidigte, mühsam erkämpfte kleine Bissen Schokolade.

Inzwischen hat die große Schwester von Renate ein paar Schnittchen für uns vorbereitet. Das ist ein Schlemmen. Kleine Stückchen Feinbrot oder Schwarzbrot, mit Teewurst, Eischeiben, Mettwurst oder Käse belegt und mit kleinen Gurkenscheiben verziert, werden gut gelaunt verspeist.

Zum Schluss singen wir noch »Guten Abend gute Nacht«.

Morgen kommen alle Freundinnen von Ditha wieder, denn dann wollen wir Ballprobe[7] spielen, und das bringt mit ihrem neuen glatten Ball am meisten Spaß.

---

7 Bei diesem Spiel geht es darum, seine Geschicklichkeit zu beweisen, indem man den Ball auf verschiedene Arten gegen eine Wand wirft, boxt, köpft und wieder fängt. Sobald der Ball auf den Boden fällt, kommt der Nächste dran.

Kanntapper, kanntapper, heute ist alles kanntapper

Der Tag fängt gut an, zum Frühstück gibt es Kakao, dazu frisches Brot mit Kunsthonig – ein preiswerter Bienenhonigersatz –, außerdem noch Sirup oder Zucker als Brotaufstrich. Besonders gerne essen mein Bruder und ich die dicken Klumpen vom Kunsthonig auf unserem Brot, die Mama mit dem Messer nicht zerdrücken konnte. Wir sind alle rechtzeitig aufgestanden, gemütliches Frühstück und auch keine Eile beim Start in die Schule.

In der ersten Stunde diktiert uns unsere Lehrerin ein Gedicht von Joseph von Eichendorff, anschließend haben wir die Aufgabe, den Rand mit bunten Blättern oder mit Herbstblumen zu verzieren:

»Nun lass den Sommer gehen,
Lass Sturm und Winde wehen.
Bleibt diese Rose mein,
Wie könnt ich traurig sein.«

Wir Mädchen bemalen den Rand gleich mit Sonnenblumen und roten und gelben Blättern, während unsere Jungen diese Aufgabe richtig blöd finden und überhaupt nicht wissen, was sie zeichnen könnten.

Nach der großen Pause haben wir Rechnen. Sechs Türme mit Mal-Rechnung hatten wir als Hausaufgabe auf. Die Hefte werden mit dem Sitznachbarn getauscht, dann werden die Ergebnisse verglichen. Wenn die Lösung falsch ist, wird das angestrichen und an die Seite ein »F« (für »Fehler«) geschrieben. Meine Freundin hat einen Fehler, ich habe zwei Fehler. Für morgen bekommen wir vier Rechentürme als Hausaufgabe auf.

In der nächsten Stunde haben wir Deutsch. Als Hausaufgabe sollten wir zehn Tu-Wörter in unser Heft schreiben. Unsere Lehrerin schreibt mit Kreide alle Tu-Wörter an die Tafel, die wir gefunden haben. Eine ganze Tafelseite hat sie schon eng vollgeschrieben, und sie lobt uns, dass uns so viele Wörter eingefallen sind. Zu morgen haben wir die Aufgabe, zehn Wie-Wörter aufzuschreiben. Unsere Lehrerin ist sehr zufrieden mit uns, weil wir die ganze Stunde schnell und gut mitgearbeitet haben. Zur Belohnung liest sie uns das Märchen vom dicken fetten Pfannekuchen vor:

»Es waren drei alte Frauen, die hatten sich einen dicken fetten Pfannekuchen gebraten. Nun wollten sie den Pfannekuchen essen, da lief der Pfannekuchen weg, kanntapper, kanntapper in den Wald hinein. Da begegnete dem Pfannekuchen ein Häschen, das rief: »Bleib stehen, ich will dich fressen.« Da antwortete der Pfannekuchen: »Ich bin den drei alten Frauen weggelaufen, da werde ich dir Häschen Langohr doch auch entkommen.« Und der Pfannekuchen lief kanntapper, kanntapper in den Wald. Da kam ein Wolf. »Dicker fetter Pfannekuchen, bleib stehen, ich will dich fressen.« Da antwortete der Pfannekuchen: »Ich bin den alten Frauen und Häschen Langohr schon fortgelaufen, da werde ich dir Wolf Graupelz doch auch entkommen.« Dann begegnete der dicke fette Pfannekuchen noch der Ziege Langbart, dem Pferd Plattfuß und auch noch dem Schweinchen Ringelschwanz. Allen hungrigen Tieren konnte der dicke fette Pfannkuchen entwischen, jedes Mal lief er kanntapper, kanntapper in den Wald hinein. Schließlich kamen drei hungrige Kinder daher, die hatten keine Mutter und keinen Vater, die riefen: »Lieber

Pfannekuchen, bleib stehen, wir haben den ganzen Tag noch nichts gegessen.« Und da sprang der dicke fette Pfannekuchen den Kindern in den Korb und ließ sich von ihnen essen.[8]

Dieses Märchen kannte ich bislang nicht, und richtig schön finde ich es, dass der leckere Pfannekuchen zu den hungrigen Kindern gegangen ist, um sich von denen essen zu lassen. Das merkwürdige Wort »kanntapper«, das geht mir überhaupt nicht mehr aus dem Kopf. Ich packe meine Schulsachen ein, dann geht es kanntapper, kanntapper nach Hause. Vielleicht gibt es bei uns heute ja auch Pfannkuchen zum Mittagessen. Ich habe großen Hunger und freue mich schon auf ein leckeres Essen. Wenn ich die Haustür öffne, dann kann ich am Geruch meist schon ahnen, was Mama gekocht hat. Doch heute ist das anders, so sehr ich mich auch anstrenge, ich kann nichts erschnuppern. Der Tisch ist zwar gedeckt, aber es gibt nur zerbröckelten Zwieback mit Milch. Das richtige Mittagessen gibt es erst am Abend und dafür wollen wir am Nachmittag Pilze sammeln. Unsere Nachbarin hat Mama erzählt, dass es im Moment sehr viele Pilze gibt. Es hat vor ein paar Tagen kräftig geregnet, danach sprießen die Pilze im Wald und auf den Wiesen.

Nach unserem mageren Mittagessen nehmen wir unseren großen Korb und dann wandern wir auf der anderen Seite der Warnau in den Wald. Mama kennt dort eine Stelle, wo jedes Jahr viele Pilze wachsen. Unter Blättern versteckt, im Gebüsch, wir suchen überall sehr gründlich. Steinpilze, Kremplinge, Pfifferlinge, Maronen, Birkenpilze, Butterpilze liegen schon in unserem Korb. Dieses Jahr ist wirklich ein gutes Pilzjahr. Nur Champignons sammeln wir nicht, weil die dem äußerst giftigen Knollenblätterpilz sehr ähnlich sind. Unser Korb ist gut gefüllt.

8   Frei erzählt nach dem Märchen »Vom dicken fetten Pfannekuchen« von Carl und Theodor Colshorn.

Zur Sicherheit zeigt Mama die gesammelten Pilze noch einmal unserer Nachbarin zur Kontrolle. Frau Hoffmann prüft jeden einzelnen Pilz, den Hut, den Stängel. Alle von uns gesammelten Pilze sind essbar. Unsere Nachbarin ist heute sehr betrübt, sie hat einen langen traurigen Brief von ihrer heimwehkranken Tochter aus Kanada bekommen. Das tut Mama immer sehr leid. Unsere Nachbarin hat, wie bereits berichtet, zwei erwachsene Töchter, eine ist nach Neuseeland ausgewandert, Karola geht es dort sehr gut. Die andere Tochter Gerda ist nach Kanada ausgewandert. Eigentlich geht es Gerda auch gut, wenn sie nur nicht so schreckliches Heimweh hätte.

Wir gehen jetzt mit unseren Pilzen rüber in unsere Küche. Mit etwas Zwiebeln werden die klein geschnittenen Pilze in Butter gebraten. Wie das schon duftet, so ein besonderes Essen gibt es nicht oft! Die Butterbläschen schäumen um die brutzelnden Pilze in der Pfanne, ein wunderbarer Geruch nach Butter, Pilzen, Zwiebeln, nach Wald und Moos verbreitet sich in der Küche und macht uns noch hungriger. Endlich, endlich sind die Pilze gar und schwimmen in einer sämigen Buttersauce. Alle zusammen genießen wir dieses köstliche Pilzgericht mit etwas frischem Brot – das beste Essen, das man sich vorstellen kann!

Nach unserer leckeren Mahlzeit füllt Mama etwas aus dem Rumtopf in ein Marmeladenglas, das bringt sie zu unserer Nachbarin, um sich für die Pilzdurchsicht zu bedanken und auch, um sie ein wenig in ihrem Kummer zu trösten.

Ich kann es nicht verstehen, dass so viele Menschen aus unserem Dorf auswandern. Ich habe Papa schon einmal gefragt, warum das so ist, wo es hier bei uns doch wirklich so schön ist. Papa hat gemeint, dass die Auswanderer vielleicht einen Ort suchen, an dem man noch besser leben kann. Wenn die Auswanderer dann woanders sind, bekommen sie Heimweh. Fast immer fehlt ihnen jedoch das Geld, um wieder nach Hause zu fahren. Selbst telefonieren können sie nur sehr selten, vielleicht zu Weihnachten oder zu Geburtstagen, weil das Telefonieren so furchtbar teuer ist, eine Minute nach Kanada kostet 4 DM, unvorstellbar. Die vielen Flüchtlinge, die am Anfang unseres Dorfes, in der Danziger Straße oder im Ostpreußenweg, wohnen, die wünschen sich alle am allermeisten, wieder nach Hause zu können, dorthin, wo sie lange gelebt haben. »Warum gehen die Flüchtlinge nicht einfach zurück?«, frage ich. »In der Heimat der Flüchtlinge wohnen jetzt andere Menschen, und die haben auch Heimweh, ebenso wie die von dort Vertriebenen«, erklärt Papa. Das kann ich alles überhaupt nicht verstehen, warum das so ist, meine ich. »Das versteht niemand, auch keiner von den Erwachsenen«, sagt Papa. »Wir leben in einer Zeit, in der unendlich viele Menschen Heimweh haben.«

Froh bin ich nur, dass wir niemals aus unserem schönen Dorf wegziehen, und das findet mein Bruder auch.

Unser Abendessen hat uns allen besonders gut geschmeckt. Kein einziger von den butterbraunen Pilzen ist mehr in der Pfanne. Heute ist es richtig spät geworden, aber aufs Vorlesen wollen mein Bruder und ich dennoch nicht verzichten.

Würde es Robinson gelingen, den Wilden zu einem guten Gefährten zu erziehen? Er wollte ihn an nützliche Arbeit gewöhnen und ihn seine Sprache lehren. Robinson war so froh, neben seinem Papagei einen menschlichen Gesellen zu haben. Da Robinson den Wilden an einem Freitag gerettet hatte, nannte er ihn Freitag. Freitag war ein kluger und sehr aufmerksamer Schüler und er war sehr gehorsam. Die Erziehung von Freitag machte Robinson viel Freude. Bald war Freitag bei aller Arbeit eine große Hilfe.

Heute war das Vorlesen aber richtig angenehm. Vielleicht bekommt Robinson mit Freitag noch einen richtigen Freund.

Vor dem Einschlafen denke ich auch noch einmal an das schöne Märchen vom dicken fetten Pfannekuchen, pattaka, tapadda ... wie war das noch?

Egal, jetzt bin ich viel zu müde, es war ein langer Tag, und morgen fällt es mir bestimmt wieder ein.

Gute Nacht!

Sonntagskaffee bei Familie Dr. Reimann

Unsere Eltern sind mit der Familie von Dr. Reimann befreundet. Gegenseitige Einladungen zum Sonntagskaffee sind üblich und auch sehr beliebt. Familie Reimann wohnt in der Siedlungsstraße, nur ein paar Minuten von unserem Haus entfernt. Mein Bruder und ich gehen gerne zu den Reimanns, mit den beiden Töchtern Ingrid und Vera kann man wunderbar spielen und außerdem gibt es dort immer etwas Gutes zu essen. Als wir ankommen, ist schon mit dem edlen blau-weißen Sonntagsgeschirr aufgedeckt, und es duftet nach frisch gebackenem Apfelkuchen.

Doch bevor wir uns setzen, turnen uns Ingrid und Vera immer etwas vor. Beide machen einen federnden Handstand an die Wand. Ingrid, die Ältere, kann sogar das Taschentuch hochheben, das Frau Reimann ihr unter den Kopf gelegt hat. Beim Handstand knickt Ingrid etwas mit den Armen ein, bis sie mit den Lippen das Taschentuch aufnehmen kann, um sich danach, mit dem Tuch im Mund, wieder aufzurichten. Als Nächstes schlagen die beiden Mädchen vom Handstand über zu einer Brücke. Nicht nur das, beide Mädchen können sich in diesem gekrümmten Zustand auf Händen und Füßen bis zum Tisch fortbewegen. Mein Bruder und ich staunen über die Biegsamkeit von Ingrid und Vera, und unsere Eltern loben die beiden Turnerinnen außerordentlich. Dr. Reimann ist unendlich stolz auf seine beiden Töchter und sehr geschmeichelt von dem Lob seiner Gäste. Nach einiger Zeit gehen wir dann endlich hinüber zu Kaffee und Kuchen mit Sahne. Überaus höflich und freundlich wird nun der Kuchen auf die Teller verteilt. Mit vornehmem Verbeugen und vielem

> bitte schön,
> danke,
> die Milch bitte,
> ja, gerne,
> nein danke, ich habe schon,
> den Zucker bitte,
> dürfte ich vielleicht …,
> und noch etwas Sahne,

wird die Torte mit Sahne garniert und Zucker und Milch werden verteilt. So ist es immer, sie lächeln sich an, nicken sich zu, sie reichen hin und nehmen vorsichtig zurück. Es dauert alles furchtbar lange. Ungeduldig schauen wir zu den Erwachsenen. Wir warten sehnlichst darauf, den duftenden Kuchen endlich essen zu dürfen. Doch dann passiert ein fatales Missgeschick. Über der mit heißem Kaffee gefüllten Tasse der Gastgeberin fällt Papa der Zuckertopf aus der Hand. Erschrecktes Beiseiterücken von Mama und Frau Reimann, denn der verschüttete Kaffee ist heiß. Augenblicklich sind alle verstummt.

Die Tasse ist zerbrochen, aber der Zuckertopf ist heil geblieben. Der Kaffee rinnt durch die Tischdecke und tropft auf den Teppich. Äußerst verlegen wischt Mama mit ihrer Serviette in der gezuckerten Kaffeepfütze. Papa ist das alles richtig peinlich, er entschuldigt sich wortreich viele Male.

Frau Reimann lächelt gequält. Beim anschließenden Kaffeetrinken wird nicht viel gesprochen und überhaupt nicht gelacht. Wir verabschieden uns viel früher als sonst und gehen etwas bedrückt nach Hause. Von der Familie Reimann werden wir in der nächsten Zeit bestimmt nicht wieder eingeladen. Sehr schade, denn wir haben sie immer gerne besucht und wir haben zusammen immer viel Spaß gehabt.

Als Papa zu Hause die Eingangstür öffnet, da steht die Küchentür zum Flur weit offen. Die Schubladen des Küchenschranks sind herausgerissen, der Inhalt ist auf dem Boden verstreut. In der Waschküche ist das Fenster direkt über der Badewanne eingeschlagen, die Scherben liegen in der Wanne und auf dem Boden der Waschküche. Auch die Tür zum Wohnzimmer steht weit offen. Einige Bücher aus dem Bücherregal sind auf dem Sofa ausgebreitet. Die Blumenvase auf dem Tisch ist umgekippt, die Stühle liegen vor dem Tisch. Im Schlafzimmer sind Kopfkissen und Decken auf den Fußboden vor die Betten geworfen, die Matratzen sind hochgestellt. Ein schreckliches Durcheinander, alles wurde durchwühlt. In der Ecke stand ein Stuhl mit Papas Jackett, auch der ist umgestoßen. Papas Brieftasche wurde durchsucht, ein Zehn-DM-Schein ist weg; Führerschein, Ausweis und ein paar Rechnungen finden sich auf dem Fußboden verteilt. Wir sind entsetzt und ängstlich. Bei uns wurde bisher noch nie eingebrochen.

Plötzlich läuft Papa zu seinem Jackett, das auch auf dem Boden liegt. Hastig greift er in alle Taschen, dann strahlt er erleichtert, Papa freut sich gewaltig. Er hält einen Briefumschlag in die Höhe und jubelt. Das sind die Geldeinnahmen von der letzten Woche, diesen Umschlag haben die Einbrecher nicht gefunden. Der Umschlag steckte in einer schmalen Innentasche seines Jacketts. Papa umarmt Mama. »Vielleicht war es ein günstiger Umstand, dass mir der Zuckertopf in die Kaffeetasse fiel und wir deshalb viel früher nach Hause gegangen sind. Vermutlich hatten die Diebe nicht genügend Zeit zum Suchen. Das ist ein riesengroßes Glück für uns, das müssen wir feiern.« Nach dem Abendbrot gibt es für unsere Eltern ein Gläschen Sekt und für meinen Bruder und mich gibt es Birnensaft. Wir stoßen an und freuen uns, dass die Diebe zwar alles durcheinandergebracht, aber nicht viel zerstört haben, eigentlich haben sie nur die Fensterscheibe in der Waschküche eingeschlagen, alles andere lässt sich schnell wieder einräumen. Der 10-DM-Schein ist allerdings auch ein großer Verlust.

In der darauffolgenden Woche trifft Mama Frau Reimann bei der Post. Die beiden Frauen sprechen kurz über den neuen Lehrer in der Dorfschule. Darauf erzählt Mama von dem Einbruch und von unserer Freude darüber, dass die Langfinger das wertvolle Kuvert nicht gefunden haben. Schließlich kommt Frau Reimann auch noch auf den Besuch am letzten Sonntag zu sprechen. »Zuerst war ich wirklich sehr unglücklich«, sagt sie, »doch etwas später war ich froh, dass es nur eine Tasse war, die zerbrochen ist. Viel ärgerlicher wäre der Verlust des Zuckertopfes gewesen, von dem habe ich nur einen einzigen, von den Tassen habe ich immerhin noch zehn Stück. Außerdem ist der Einbruch in Ihrem Haus doch ein viel größeres Unglück.« Frau Reimann zeigt sich sehr versöhnlich.

Ein paar Wochen später kommt die Gegeneinladung unserer Eltern für die Familie Reimann. Bei uns gibt es Pflaumenkuchen mit Sahne. Aufgedeckt ist das gelb-grüne Hahn-und-Henne-Geschirr. Wir haben allerdings nichts, was wir vorführen könnten, aber wir haben mit dem so glimpflich verlaufenen Einbruch ein sehr aufregendes Ereignis, über das die Erwachsenen lange diskutieren. Schließlich folgt eine Aufzählung all der wertvollen Dinge, die die Diebe hätten mitnehmen können, wenn sie diese denn gefunden hätten. Mama erzählt von ihrer Brosche mit der vergoldeten Löwenkralle, Papa erwähnt den Kasten mit dem silbernen Essbesteck und die kleine Schmuckdose. Die Aufzählung der wertvollen Dinge in unserem Haushalt wird immer länger.

Letzten Endes haben wir Glück gehabt, meint Papa, es hätte viel schlimmer kommen können.

Große Wäsche

Unsere schmutzige Wäsche wird in der Waschküche in einer großen Zinkwanne gesammelt. Wenn diese Wanne voll ist, dann kommt der große Waschtag. Am Tag vorher wird die Wäsche in helle und dunkle Teile sortiert und jeweils in einer Wanne eingeweicht und mit einem weißen Pulver bestreut. Sehr früh am nächsten Morgen wird der Waschkessel mit einem Holzfeuer angeheizt. Zunächst wird die helle Wäsche in dem großen runden Waschkessel im Wasser erhitzt, danach kommen die dunklen Teile. Mit einem riesigen Holzlöffel wird die heiße Wäsche öfter umgerührt, manchmal auch aus dem Wasser gehoben und betrachtet. In der Waschküche ist es dunstig und feucht-heiß. Es riecht nach Kernseife und Waschpulver. Waschen ist sehr schwere Arbeit und manchmal wischt sich Mama den Schweiß von der Stirn. Sie hat ihre lockigen Haare mit einem Tuch zusammengehalten, das über der Stirn einen breiten Knoten hat.

Nach einiger Zeit wird dann die heiße, triefende Wäsche mit dem riesigen Holzlöffel aus dem Waschkessel gehoben und in eine Zinkwanne geklatscht, die mitsamt einem Waschbrett neben dem Waschkessel auf einem breiten Hocker bereitsteht. Sobald die Wäsche etwas abgekühlt ist, wird jedes Wäschestück auf dem Waschbrett gesäubert. Das Waschbrett ist ein gerilltes Blech, so groß wie ein Handtuch, in einem Holzrahmen. In diesem Holzrahmen ist oben noch eine Ablagemöglichkeit für ein großes Stück Kernseife. Nun wird jedes Wäschestück eingeseift und dann mit beiden Händen über das Waschbrett gescheuert, von oben nach unten, immer wieder, bis alle Flecken entfernt sind. Nach stundenlangem Schrubben auf dem Waschbrett sind endlich die helle und auch die dunkle Wäsche durchgewaschen. Anschließend wird jedes seifige Wäschestück in eine mit klarem Wasser gefüllte Zinkwanne geworfen, dass es spritzt. Jedes Wäschestück wird nun gespült, untergetaucht, im Wasser hin und her gewedelt, etliche Male aus dem Wasser gehoben und dann in die nächste Wanne mit sauberem Wasser getaucht. Meistens dreimal, bis das Spülwasser klar ist. Zum Schluss wird die Wäsche ausgewrungen und mit Holzklammern im Garten auf die Leine gehängt. Gut ist es, wenn die Wäsche am späten Vormittag auf der Leine baumelt, dann ist sie bis zum Nachmittag getrocknet.

Um 5.00 Uhr am Morgen hat Mama mit dem Waschen angefangen und mittags ist sie dann richtig kaputt, ihre Hände haben Blasen und Abschürfungen. Aber sie freut sich doch sehr, wenn die ganze Wäsche, mit den hölzernen Rundkopf-Wäscheklammern befestigt, auf der Leine hängt und lustig im Wind flattert. Wenn dann die Betten frisch bezogen werden, duftet es nach Wind, nach Gras und nach Kernseife.

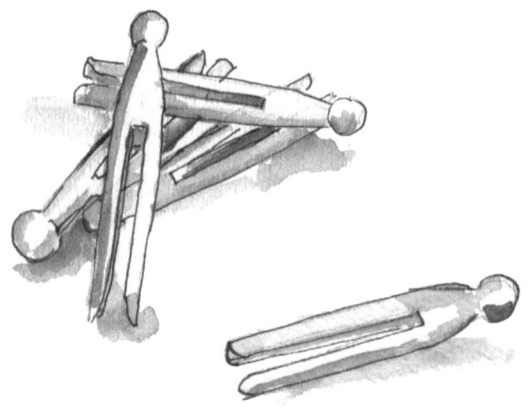

Zum Mittagessen gibt es heute Kartoffelsuppe von gestern. Am Nachmittag, wenn die trockene Wäsche gereckt und gefaltet im Wäschekorb liegt, kommt nur noch das Bügeln. Auf den sauberen Küchentisch wird ein dickes Moltontuch gelegt, darüber ein altes Bettlaken. Ein Wäschestück nach dem anderen bügelt Mama sorgfältig, danach legt sie es ordentlich zusammen.

Seitdem wir zum letzten Weihnachtsfest die praktischen Holzbügeleisen bekommen haben, ist es die Aufgabe von uns Kindern, die vielen Stofftaschentücher zu bügeln. Wir nehmen Mama damit viel Arbeit ab. Das ist eine recht mühsame Angelegenheit, denn man muss kräftig mit dem Holzbügeleisen drücken, damit der Stoff auch geglättet wird. Am besten geht es, wenn einer das Taschentuch gleichmäßig strafft und der andere dann bügelt. Zum Schluss wird das Taschentuch akkurat zusammengefaltet und nochmals gebügelt. Ein großer Stapel Taschentücher ist schon fertig!

Am Abend trinken Mama und Papa noch ein kleines Glas Obstlikör und für morgen haben sie sich als Belohnung etwas Besonderes vorgenommen. Sie wollen sich im Lichtspielhaus den Kinofilm »Die Sünderin« anschauen. Das ist eine großartige Abwechslung und Mama freut sich sehr. Über diesen neuen Film stand schon besonders viel in der Zeitung. Lange Berichte über diesen skandalösen Streifen, hässliche Kommentare im Radio, alle Informationen warnen vor einem miserablen Spielfilm, den sich niemand ansehen sollte. In der Zeitung stand auch, dass man die junge Hauptdarstellerin dieses Films angespuckt und bedroht habe. Was hat man in diesem Kinofilm gezeigt, dass diese Schauspielerin derart beschmutzt und gekränkt wurde? Alle diese Ausführungen bewirken jedoch genau das Gegenteil, jeder will diesen Film unbedingt sehen, und auch Mama und Papa freuen sich auf einen spannenden Abend.

Die beste Methode, alle neugierig auf einen Film zu machen, ist es, dringend davon abzuraten, sich diesen Streifen anzuschauen, es vielleicht sogar zu verbieten, auch wenn ein Verbot nicht möglich ist, eine bessere Reklame gibt es nicht, meint Papa. Sehr viele Erwachsene aus unserem Dorf haben »Die Sünderin« schon gesehen, und die restlichen werden sich diesen Film bestimmt auch bald anschauen.

Damit wir Kinder nicht allein zu Hause sind, kommt Tante Inge zu uns, und sie liest uns heute ein Kapitel aus dem Robinsonbuch vor.

Sein treuer Hund war eines Tages nicht mehr aufgestanden, er war gestorben. Einige Zeit später ging Robinson mit Freitag auf die Jagd. Da erblickte er mit seinem Fernrohr ein englisches Schiff, das weitab am Horizont zu sehen war. Robinson war sehr aufgeregt, nach so langer Zeit, nach 28 Jahren, ein Schiff aus England vor dieser abgelegenen Insel zu erblicken. Robinson und Freitag versteckten sich im Gebüsch. Die beiden sahen, wie vom Schiff ein Boot ins Wasser gelassen wurde. In dem Boot erkannten sie einige Männer und drei an Händen und Füßen gefesselte Gefangene.

Am nächsten Morgen fragen wir sofort unsere Eltern, ob ihnen der Film gefallen hat. Papa erzählt, dass der Film ausgezeichnet war, mit hervorragenden Schauspielern. Doch das Unglaubliche an diesem Kinofilm sei, dass man die junge Schauspielerin nackt sehen konnte, es war zwar nur ein kurzer Moment, aber so einen Spielfilm mit nackten Personen haben wir bisher noch nie gesehen. Deshalb wurde die junge Schauspielerin auch so heftig beschimpft. Außerdem hatte dieser Film ein sehr tragisches Ende. Mama erzählt, dass es dennoch ein schöner, aufregender Kinoabend gewesen sei, wenn es auch ganz schön teuer war, 80 Pfennig pro Eintrittskarte hat es gekostet.

Es ist auch jedes Mal sehr aufregend, wenn vor dem eigentlichen Film die »Fox Tönende Wochenschau« vorgeführt wird. Alle wichtigen Ereignisse der letzten Woche werden darin noch einmal in bewegten Bildern gezeigt. Das ist viel interessanter und eindrucksvoller, als von den gleichen Ereignissen nur in der Zeitung zu lesen.

Die junge Schauspielerin Hildegard Knef wurde durch diesen skandalösen Film sehr berühmt.

Herbstfreuden mit Laternen und Drachen

Abends wird es jetzt immer früher dunkel und auch ein wenig kühler. Das ist die Zeit, in der wir uns jeden Tag nach dem Abendbrot zum Laternenlaufen treffen. Am Anfang der Uferstraße beginnen Renate, Helga und Hans-Jürgen, jeder mit einer leuchtenden Laterne in der Hand, durch unsere Straßen zu gehen. Bei jedem Haus gesellen sich ein paar Kinder mit ihren Laternen dazu. Wenn die Kindergruppe bei uns angekommen ist, dann ist schon eine lange Reihe mit bunten Laternen versammelt. Im Dunkeln sieht man nur die bunte Laterne und das angeleuchtete Gesicht des Laternenträgers. Nun reihen mein Bruder und ich uns mit unseren bunten Papierlaternen ein. In diesem Jahr habe ich eine dunkelblaue Laterne, auf der Mond und Sterne aufgemalt sind.

Weiter geht es die Feldstraße hoch, manchmal warten die Kinder schon im Garten auf uns. Inzwischen ist es stockfinster, man sieht nur noch die bunte Laternenkette, die sich durch unsere Straßen schlängelt. Der Duft von angezündeten und ausgepusteten Wachskerzen hängt in der Luft. Bevor die Kerze in der Laterne bis nach unten abgebrannt ist, wird der Kerzenstumpf ausgepustet und durch eine neue Kerze ersetzt. Sonst passiert es sehr leicht, dass die ganze Laterne aufbrennt. Wenn Mama uns begleitet, hat sie immer ein paar Ersatzkerzen dabei.

Im letzten Herbst ist meine Laterne verbrannt. Das passierte aber nicht durch eine runtergebrannte Kerze, sondern weil ein heftiger Windstoß meine Laterne geschüttelt hat. Dadurch ist die Kerze umgekippt und im Nu brannte meine schöne Laterne.

Ich habe einen großen Schreck bekommen und alles ist mir aus der Hand gefallen. Die anderen Kinder haben mitleidig das Feuer betrachtet. Aber heute ist es windstill und wir singen:

> »Ich geh mit meiner Laterne
> und meine Laterne mit mir.
> Da oben leuchten die Sterne
> und unten leuchten wir.
> Mein Licht ist aus,
> ich geh nach Haus,
> rabimmel, rabammel, rabumm.«

Die bunte Schlange der Laternenträger ist inzwischen so lang, dass die Kinder ganz hinten nicht das Gleiche singen wie die vorne, aber das stört niemanden, kaum einer bemerkt das.

Mittlerweile ist es richtig finster und nur die bunten Laternen erleuchten farbenfroh die Dunkelheit. Es dauerte eine ganze Weile, bis wir durch alle Straßen bis zur Dorfstraße gelaufen sind. Heute Abend ist keine Laterne abgebrannt, es wurde viel geredet und gelacht, doch allmählich wird es Zeit für uns, nach Hause zurückzukehren. So gehen wir, einer nach dem anderen, und trennen uns in der umgekehrten Reihenfolge, wie wir uns versammelt haben. Ein Kind nach dem anderen pustet sein Laternenlicht aus und geht in sein Zuhause. Wir bemerken noch, dass die Bäume ganz schön laut rauschen, vielleicht wird es morgen windig, dann könnten wir den Drachen von meinem Bruder steigen lassen.

Fast sind wir schon zu müde zum Vorlesen, aber Robinson ist gerade so spannend.

Die drei Gefesselten wurden an den Strand gelegt. Als die anderen Männer wieder zum Schiff zurückrudern wollten, hatte sich das Boot im Sand festgesetzt. Die Männer mühten sich vergeblich, das Boot wieder ins Wasser zu bringen. Inzwischen schlich sich Robinson von hinten durch das Gebüsch an die Gefangenen heran und rief auf Englisch: »Wer seid ihr?« Zunächst bekamen die drei einen furchtbaren Schreck. »Ich komme als Freund, ich möchte euch helfen«, sagte Robinson. »Warum seid ihr wie Verbrecher an Händen und Füßen gefesselt?«

Am nächsten Morgen auf dem Weg zur Schule stellen wir beide mit Freude fest, dass es tatsächlich windig ist. Gleich nach dem Mittagessen werden wir den neuen Drachen meines Bruders steigen lassen. Die Felder sind abgeerntet, jetzt sind nur noch die kurzen Getreidestoppeln auf dem Acker. Das Roggen-Stoppelfeld ist etwas abschüssig – beste Voraussetzung zum Drachensteigenlassen.

Papa und mein Bruder haben diesen Drachen gemeinsam gebaut. Zunächst haben sie aus zwei dünnen Holzleisten und etwas Draht ein Kreuz gefertigt. Die äußeren Enden dieses Kreuzes wurden mit einer Schnur verbunden, anschließend wurde das ganze Gestell mit Pergamentpapier bespannt. Zum Schluss bekam der Drachen noch einen Schweif, in den in Abständen Grasbüschel eingebunden sind. Durch das Gewicht dieser Grasbüschel wird der Drachen beim Aufsteigen in einer aufrechten Lage gehalten. Der Drachen hängt an einer festen Schnur, von der noch jede Menge auf einem Stock aufgewickelt ist. Wenn der Drachen steigt, dann kann man die Schnur blitzschnell abrollen lassen.

Mit dem Drachen am Band rennt mein Bruder, so schnell er kann. Ich habe nur die Aufgabe, mit dem Schweif in der Hand mitzulaufen, immer direkt hinter dem Drachen. Wir beide laufen so lange, bis der Drachen vom Wind erfasst wird und anfängt zu steigen. Dann schreit mein Bruder »Los«, sofort lasse ich alles los, und er rennt allein mit seinem Drachen weiter. Unser Drachen kann steigen, langsam schraubt er sich nach oben, immer höher, ganz hoch oben fliegt der Drachen jetzt. Mein Bruder kann das wirklich toll, er lässt den Drachen in der Höhe tanzen. Er spielt mit der Schnur, und der Drachen macht oben genau das, was mein Bruder möchte. Jetzt geht er einen Schritt nach rechts, dann gibt er etwas mehr Leine, nun geht er etwas zurück und ruckelt spielerisch an der Schnur. Herrlich, den Drachen so weit oben schwingen zu sehen, umschlängelt von seinem Schweif, der ihn in einer aufrechten Position hält.

Etwas ungerecht finde ich es schon, dass ich selbst den Drachen nicht steigen lassen darf, zumal ich viel älter bin als mein Bruder. Aber bei mir ist der Drachen schon zweimal abgestürzt. Das erste Mal war es nicht so schlimm, da ist er nur ins Gebüsch gesaust und der Drachen ist heil geblieben. Beim zweiten Versuch hatte ich den Drachen schon fast oben. Mit einem Mal fing er aber an, wild nach rechts und nach links zu schlingern, immer tiefer. Schließlich ist er mit voller Wucht auf den Boden gekracht. Das Gestänge war nicht zerbrochen, nur das Pergamentpapier war an der Seite zerrissen. Das war schnell wieder geklebt. Aber seitdem hat mein Bruder immer Angst um seinen Drachen, und ich darf beim Steigenlassen immer nur mit dem Schweif hinterherlaufen.

Es kränkt mich schon sehr, ich bin nicht nur älter, ich bin auch ein ganzes Stück größer als mein Bruder. Bei meinem Bruder tanzt der Drachen in der Luft, dann fliegt er eine liegende Acht hoch oben, mein Bruder ruckelt erneut geschickt an der Leine und der Drachen hüpft, es sieht alles so einfach aus. Ich muss meinen Bruder sehr genau beobachten, was er macht und wie er es macht. Bis zum nächsten Herbst will ich es unbedingt lernen, den Drachen steigen zu lassen.

Ganz bestimmt!

Erntedank

Bevor man sich für eine gute Ernte bedanken kann, gibt es im Frühjahr erst einmal sehr viel Arbeit mit dem Aussäen, Gießen, Hegen und Pflegen der kleinen Pflänzchen.

Im Laufe des Jahres sind die Feuerbohnen am Bohnengerüst bis nach oben gerankt. Überall zwischen dem üppigen Laub hängen jetzt die langen grünen Bohnenschoten, und sogar im Herbst leuchten noch einige der feuerroten Blüten aus dem Laub. Die Karotten werden am krausen Wurzelkraut gepackt und aus der Erde gezogen. Die reifen Tomaten werden laufend abgeerntet. Auf dem Kürbisbeet liegen nun die dicken gelben Früchte zwischen den am Boden rankenden Kürbisblättern. Die Radieschen wachsen schnell und werden das ganze Jahr portionsweise gesät und laufend gegessen. Sie schmecken lecker, sind aber brennend scharf. Die ersten jungen Erbsenschoten schmecken süß und saftig. Wenn die Erbsen dann richtig ausgereift sind, werden sie ausgepalt und oft mit roten Karotten zusammen eingeweckt.

Im Herbst geht es darum, das reichlich geerntete Gemüse und Obst haltbar zu machen, damit wir den ganzen Winter davon essen können. Gemüse und Obst werden eingeweckt. Hitzebeständige Weckgläser werden mit Früchten, Gemüse oder Kürbissen, außerdem mit etwas Wasser und den Gewürzen gefüllt. Die Gläser werden mit einem Glasdeckel verschlossen. Zwischen das Gefäß und den Glasdeckel wird ein breiter Gummiring gelegt. Zum Schluss wird der Glasdeckel mit einer Klammer fest auf den Gummiring gedrückt. In einem Wasserbad werden die gefüllten Weckgläser erhitzt, bis im Glas kleine Bläschen aufsteigen.

Nach einer Weile sind die Gläser fest verschlossen und man lässt sie langsam erkalten.

Im Spätsommer wird mit dem Geliermittel Opekta Marmelade eingekocht. Die gefüllten Gläser werden sehr sorgfältig mit Zellophanpapier verschlossen, damit die Marmeladen auf keinen Fall zu schimmeln anfangen. Ein ganzes Regal im Keller steht voll mit Erdbeer-, Kirsch- und Himbeermarmeladen-Gläsern.

Sauerkraut macht Mama auch selbst. In einem irdenen, recht großen Gärtopf wird der fein geraspelte und gesalzene Weißkohl gestampft, bis Saft aus dem Kohl kommt. Über den saftigen Kohl wird ein kleines Holzbrett gelegt, beschwert mit einem dicken Stein. Das Sauerkraut gärt lange Zeit im Keller, aber dann ist es saftig und zart.

Eine sehr wichtige Arbeit im Herbst ist es, den Holunderbeerensaft in Flaschen abzufüllen. Die schwarzen Beeren wachsen am See, am Waldrand, an Lichtungen, überall dort kann man sie finden. Die dicksten Holunderbeeren sind ganz oben am Strauch, deshalb ziehen wir die Zweige mit einer Harke nach unten, um die saftigen Beeren zu pflücken. Die schwarzen Beeren werden gesüßt gekocht und mit dem Kartoffelstampfer zerdrückt. Dieses gezuckerte saftige Mus wird in ein großes Stoffsieb gegossen. Ein Küchenhocker mit vier Beinen wird umgedreht. An jedem Bein wird eine Ecke eines alten Geschirrtuchs festgebunden. So entsteht in der Mitte des Tuches eine Mulde, in die der Holunderbeerenbrei gegeben wird. Darunter steht eine Schüssel, in die der Saft dann tropft. Der Holunderbeerensaft wird in Flaschen gefüllt und mit gewachsten Korken verschlossen.

Ebenso wichtig ist die Zubereitung von Sirup für den Winter. Die klobigen Zuckerrüben werden zerschnitten und anschließend in einem großen Topf gegart. Danach wird aus den inzwischen weichen Stückchen der Saft gepresst. Dieser Zuckerrübensaft wird stundenlang erhitzt und gerührt, bis daraus ein goldgelber, süßer Sirup geworden ist. Manche ungeliebte graue Grütze hat Mama mit karamellisierten Sirup-Fäden kunstvoll verziert, sodass daraus ein leckerer Brei wurde.

Mamas Spezialität, eine Leckerei für die Erwachsenen, ist der Rumtopf. In einem großen Glasgefäß mit Deckel werden viele Früchte des Sommers mit Rum und etwas Zucker angesetzt. Es fängt mit den Erdbeeren an, danach kommen Himbeeren, Kirschen, Mirabellen, Pfirsiche, schwarze Johannisbeeren und die Pflaumen hinzu, und nach jeder neuen Frucht wird etwas Rum dazugegeben. Der ganze Sommer, die Sonne, die köstlichen Düfte, die leuchtenden Farben der Früchte werden eingefangen in diesem durchsichtigen Gefäß und dann im kalten Winter genossen.

Es ist gut vorgesorgt für den Winter, auf allen Regalen im Keller stehen die gefüllten Weckgläser, die Marmeladen und die Saftflaschen dicht an dicht. Die getrockneten Apfelringe, die in Bündeln an der Seite von der Kellertreppe hängen, verbreiten einen aromatisch-fruchtigen Duft.

In diesem Jahr war die Ernte gut, Getreide, Gemüse, Kohl und Zuckerrüben wurden reichlich eingebracht. Nur die Kartoffelernte war schlecht. Eine Kartoffelkäferplage hatte sich ausgebreitet und zu einer zu frühen Noternte geführt. Viele sehr kleine Kartoffeln wurden ausgegraben. Besonders schnell haben die Bauern danach das getrocknete Kartoffelkraut verbrannt, gleich wurde dann ein Pulver auf dem Acker ausgestreut und sofort untergepflügt. Die Bauern sind sehr froh, dass in diesem Jahr nur wenig Kartoffeln angepflanzt wurden, denn im Frühjahr hatte man zu wenig Saatkartoffeln.

Am ersten Wochenende im Oktober feiern wir das Erntedankfest. Am Samstag wird ein großer Umzug veranstaltet. Unser ganzes Dorf ist auf den Beinen und alle sind festlich gekleidet. Ein Trecker zieht einen Anhänger, auf dem die wohlgelaunte

Familie des Bauern Kröger sitzt. Der Anhänger ist mit Dahlien und Astern geschmückt. Eltern ziehen Leiterwagen mit ihren kleinen Kindern, geschmückt mit Blumen und vielen bunten Bändern, die lustig im Wind flattern. Pferdefuhrwerke fahren vorbei, beladen mit Obstkörben, Strohballen, Kürbissen und bunten Blumensträußen. Sogar die Pferde tragen grüne Kränze mit Blüten auf dem Kopf, an den Ohren prächtige Quasten. Kinder tragen Bögen aus Eichenlaub, unter dem ein mit einem Blumenkranz geschmücktes Mädchen mitläuft. Die Mädchen tragen zur Feier des Tages offene Haare, nicht die gewohnten fest geflochtenen Zöpfe. Erntedank ist ein fröhliches Fest, an dem für ein gutes Erntejahr gedankt wird, es wird gesungen, gelacht, getanzt, und am Abend wird dann auch noch gut gegessen.

Auch wir Kinder haben uns über eine recht gute Ernte gefreut. Die Knallerbsen sind in diesem Jahr besonders reichlich gewachsen, große Mengen von prallen weißen Früchten leuchten aus den grünen Büschen. Großes Vergnügen macht es uns, die Knallerbsen auf den Weg zu streuen, und bei jedem Schritt hört man »knack-knack-knack«, ein wunderbares Geräusch. Ebenso glücklich sind wir über die großen Mengen von Bucheckern, die unter den Buchen liegen. Es ist zwar etwas mühsam, die dreikantigen Eckern auszupulen, aber sie schmecken wie Nüsse. Früher hat man die gepulten Bucheckern gehackt, dann geröstet, um daraus eine Art Malzkaffee zu kochen. Doch diese schlechten Zeiten sind vorbei, jetzt sammeln wir Kinder sie nur noch zum Naschen. Aber man darf nicht zu viele davon essen, denn sonst bekommt man heftige Bauchschmerzen.

Besonders stolz sind mein Bruder und ich auf unser erstes selbst verdientes Geld. In der alten, etwas verbeulten Blech-Milchkanne haben wir beide Kartoffelkäfer gesammelt, sie ist fast bis zum Rand voll. Gott sei Dank hat die Kanne einen Deckel, denn sonst wären die Käfer alle wieder rausgekrabbelt. Darüber, dass wir so viele Käfer von den Kartoffelpflanzen abgesammelt haben, hat sich der Bauer Kröger sehr gefreut, und er hat jedem von uns ein ganz blankes 50-Pfennig-Stück geschenkt. Unser erstes eigenes Geld. Ich bedanke mich mit einem tiefen Knicks, mein Bruder gibt ihm die Hand und macht eine höfliche Verbeugung, so unglaublich haben wir beide uns gefreut, so unerwartet kam diese Belohnung. Die blanke silberne Münze mit der knienden Frau, die eine junge Eiche pflanzt, auf der anderen Seite die Zahl 50, die ist jetzt unser Eigentum. Am besten wird es sein, wenn wir das Geld zur Sparkasse bringen, aber erst einmal legen wir die silbernen Geldstücke auf die Fensterbank in unserer Küche. Das sind 50 Pfennig, die jeder von uns beiden jetzt besitzt, das ist schon beachtlich.

Froh gestimmt beeilen wir uns heute mit dem Waschen, denn das Robinsonbuch ist gerade wirklich sehr spannend.

>>Ich bin der Kapitän des englischen Schiffes, das dort hinten vor Anker liegt<<, sagte der eine der gefesselten Männer. >>Dieser Mann ist mein Erster Steuermann, der andere ist ein befreundeter Passagier. Die Mannschaft hat gemeutert, sie haben uns im Schlaf überwältigt, und die Meuterer wollten uns auf dieser Insel aussetzen.<< Robinson glaubte dem Kapitän und lautlos zerschnitt er die Fesseln der drei Gefangenen. Sie schlichen gemeinsam zu Robinsons Hütte, und Robinson verteilte alle Waffen, die er besaß. Zu viert überwältigten sie die überraschten Meuterer, die am Strand auf die Flut warteten.

Mein Bruder und ich schwatzen noch eine Weile im Bett, wie das wohl weitergeht in dem Robinsonbuch. Noch später überlegen wir dann beide genau, was wir für die 50 Pfennig alles kaufen könnten. Wir beginnen mit:

5 Himbeerbonbons à 1 Pfennig,
6 Karamellbonbons à 2 Pfennig,

doch besonders weit kommen wir mit unserer Einkaufsliste nicht, irgendwann schlafen wir beide dann ein.

Einladung zum Weihnachtskakao

Wir haben so lange gewartet, endlich ist dieser Tag gekommen. Es ist der 10. Dezember und wir sind viel zu früh auf dem Platz vor der Baracke, und auch jetzt müssen wir noch einmal sehr lange warten.

Meine beste Freundin Ditha, Marion, Renate, Heidi und mein Bruder Peter, wir alle stehen zusammen. Mit uns haben sich noch sehr viele andere Kinder versammelt, ich glaube, fast alle Kinder aus unserem Dorf. Wir klatschen die behandschuhten Hände aneinander und trippeln mit den Füßen auf der Stelle, heute ist es wirklich aasig kalt.

Alle Kinder sind festlich gekleidet und hübsch frisiert. Ich habe an meinen langen Zöpfen breite rote Schleifen. Meine Freundin hat Affenschaukeln mit weißen Schleifen, Heidi hat einen Hahnenkamm mit einer großen roten Schleife auf dem Kopf. Die kurzen Haare meines Bruders sind mit Pomade gekämmt.

Jedes Kind ist dick eingepackt mit Mantel, Mütze, Schal und Trainingshose. Es liegt Schnee, doch einen Schneemann bauen konnten mein Bruder und ich nicht, weil der Schnee zu kalt und pulverig ist.

Mit uns auf dem Platz stehen einige Mütter, die uns daran erinnern, höflich zu sein und immer schön »bitte« und »danke« zu sagen. Unsere Lehrerin steht auch bei uns. Mit ihr zusammen werden wir ein Weihnachtslied vorsingen.

Endlich wird die große Doppeltür der Baracke geöffnet. Es geht ein paar Stufen nach oben in einen Vorraum. Hier können wir unsere Mäntel an großen Garderobenhaken aufhängen.

Eine Tür weiter geht es in einen wohlig warmen Raum. In diesem Innenraum steht ein sehr langer Tisch, der festlich gedeckt und mit Tannenzweigen, silbernen Weihnachtssternen und brennenden Kerzen geschmückt ist. An den Wänden hängt eine Leine, an die einige Weihnachtskarten geklammert sind. Es duftet wunderbar nach Tannen, nach Kuchen und Kerzen. Schnell findet jedes Kind einen Platz. Heinz will gleich einen Keks stibitzen, aber unsere Lehrerin schüttelt energisch den Kopf. Zuerst singen wir unser Lied:

> »Alle Jahre wieder
> kommt das Christuskind
> auf die Erde nieder,
> wo wir Menschen sind.«

Nach unserem Gesang bekommen wir viel Beifall von den Männern, die an der Seite stehen.

Jetzt wird Kakao eingeschenkt, sahnig, süß und schaumig, dazu gibt es Kuchen und Kekse, so viel man essen kann. Wir schwatzen und lachen. Ein paar freundliche Männer schenken immer wieder Kakao nach. Sie ermuntern uns zum Zugreifen. Wir schmausen und genießen die Wärme, den Duft und die Fröhlichkeit dieses festlichen Nachmittags. Noch nie haben wir mit so vielen Kindern so ausgelassen gefeiert. Viel zu schnell vergeht dieser herrliche Nachmittag.

Beim Abschied an der Tür bekommt jedes Kind eine Pappschachtel mit Süßigkeiten und Keksen. Wir Mädchen bedanken uns höflich mit einem Knicks, mein Bruder macht eine Verbeugung.

Draußen ist es schon dunkel, aber wir kennen den Weg nach Hause ganz genau. Die große Gruppe von Kindern läuft die Dorfstraße runter. Rechts geht es in die Siedlungsstraße, als Nächstes kommt dann die Uferstraße. Jedes Kind biegt zu seinem Zuhause ab, die meisten begierig darauf, das Weihnachtspäckchen zu öffnen. Auf dem Küchentisch bewundern mein Bruder und ich unsere mitgebrachten Schätze: Schokolade, Bonbons, Kekse, eine Apfelsine und Kaugummi. Das kennen wir noch nicht. Papa kennt Kaugummi, und er erklärt uns, dass man Kaugummi kauen, aber nicht schlucken darf. Es ist bis zum Abend ein außergewöhnlich schöner Tag.

Jeden Morgen kommen wir auf dem Weg zur Schule an diesen Baracken vorbei, in denen wir unsere fröhliche Weihnachtsfeier hatten. Ich habe auch schon öfter von größeren Schülern gehört, dass dort die Feinde wohnen. »Feind«, dieses Wort war mir bis jetzt nicht bekannt. In keinem der vielen Märchen, die Mama uns beiden vorgelesen hat, kommt dieses Wort vor.

Nun bin ich wirklich sehr froh, denn endlich weiß ich genau, was Feinde sind. Also, das sind lustige Männer, ungefähr so alt wie Papa, nur sprechen sie eine andere Sprache oder einige von ihnen sprechen ein etwas verdrehtes drolliges Deutsch. Man muss sich sehr bemühen, dass man sie versteht, und sie tragen alle die gleichen Hemden und Hosen. Bei denen bekommt man Kakao und Kuchen, wirklich so viel, wie man nur essen kann. Auch sind sie sehr reich, denn sie haben jedem Kind Schokolade, Süßigkeiten, Kaugummi und sogar eine Apfelsine geschenkt. Jedem Kind!

Ein Tag im Winter

Wenn der Geruch von brennendem Kienholz ins Schlafzimmer zieht, dann wachen mein Bruder und ich meistens auf. Kienholz ist ein sehr harziges Holz, das sofort brennt. Daher nutzt Papa es, um damit das Feuer anzuzünden, zunächst im grünen Kachelofen unten im Wohnzimmer, danach im Küchenherd. Papa kann am schnellsten Feuer machen, deshalb steht er im Winter immer zuerst auf. Außerdem schaltet er das Radio an. Das Radio läuft immerzu und teilt unseren Tag ein. Wenn die Nachrichten gesprochen werden, beginnt unser Frühstück. Es dauert eine Weile, dann ist es warm im Wohnzimmer und in der Küche. Unser Haus, eine Doppelhaushälfte in der Uferstraße, ist riesig: ein großes Wohnzimmer, ein großes Schlafzimmer, nach vorn eine gemütliche Wohnküche, neben der Küche dann noch die Waschküche. Oben befinden sich zwei kleinere Zimmer, unsere Kinderzimmer. Im Winter schlafen wir alle zusammen im Elternschlafzimmer, denn die Kinderzimmer oben sind zu kalt. Der grüne Kachelofen heizt das Wohnzimmer schnell mollig warm, auch das nebenan liegende Schlafzimmer wird durch einen Schacht angenehm erwärmt, während die oben liegenden Kinderzimmer nur durch die Schornsteinrohre indirekt beheizt werden.

Mein Bruder und ich ziehen uns im Winter im warmen Wohnzimmer an. Ein Blick aus dem Fenster, heute Nacht hat es wieder geschneit. Im Winter braucht man immer sehr viel Zeit zum Anziehen. Zunächst das Leibchen, das ist ein ärmelloses Unterhemd. An diesem Leibchen hängen die langen Strumpfhalter, die von der Taille bis zum oberen Bein reichen. Mit diesen

Strumpfhaltern werden die langen braunen Kratzestrümpfe befestigt, für jedes Bein ein Halter vorn, einer hinten. Dann kommt ein warmes Unterhemd und darüber ein dicker Pullover, dazu die dunkelblaue Trainingshose. Nun sind wir warm eingepackt. Mama kämmt meine Haare, es ziept ein bisschen, Mittelscheitel und zwei feste Zöpfe sind schnell geflochten. Mein Bruder kämmt seine kurzen Haare allein.

Die Nachrichten fangen an, schnell zum Frühstück. Es gibt Zuckerbrot, Sirup- oder Marmeladenbrot. Heute haben wir sogar Kunsthonig, den finde ich besonders lecker, während mein Bruder freudig eine Scheibe Brot mit tiefrotem Tomatenmark verspeist, das er mit Salz gewürzt hat. Unsere Eltern trinken Lindes-Malzkaffee, wir beide trinken heißen Kakao. Um 7.45 Uhr werden jeden Tag im Radio die Wasserstände einiger großer Flüsse angesagt:

»Die Mosel bei Trier …
Der Main bei Steinbach …
Der Neckar bei Plochingen …
Der Rhein bei Maxau …
Konstanz vom Vortage«

Die Wasserstände sind sehr wichtig für die Schifffahrt, meint Papa. Wenn die Wasserstände durchgegeben sind, müssen wir beiden los zur Schule. Im Flur ziehen wir Mäntel, Mützen und Handschuhe an. Unsere Handschuhe können wir nicht mehr verlieren, weil sie an einem langen Häkelband baumeln, das durch beide Mantelärmel gezogen ist. Als Letztes kommen die Stiefel. Im Flur ist es sehr kalt, hier wird nicht geheizt. Dadurch haben sich am Glasfenster der Haustür die allerschönsten Eisblumen gebildet, welche die Scheibe undurchsichtig machen. Man erkennt genau die silbern glitzernden Kristalle und blendend-weiß gefächerte Eisfarbe. Sobald die Sonne von außen auf die Tür scheint, sieht unser Eingang märchenhaft aus.

In diesem Flur steht ein weißer Kinderkleiderschrank, der im Winter für unsere Sommerkleidung und im Sommer für die Wintersachen genutzt wird. Auf dem Kleiderschrank hat auf der einen Seite eine hölzerne Giraffe ihren Platz, deren rechtes Ohr immer wieder angeklebt werden muss, und auf der anderen Seite steht ein buntes Schönwetterhäuschen. Das ist ein kleines Holzhaus mit zwei Eingängen. Im linken Eingang steht eine weibliche Holzpuppe in einem Sommerkleid, auf der rechten Seite eine männliche mit einem Regenschirm, beide auf einer drehbaren Scheibe. Eigentlich sollten diese beiden Figuren sonniges Wetter und Regenwetter anzeigen, aber bei uns ist immer die Frau für das gute Wetter vorn, und deshalb heißt dieses Wetterhäuschen bei uns Schönwetterhäuschen.

Bevor mein Bruder und ich in die Schule gehen, vergessen wir nie, unsere warme Hand gegen die vereiste Scheibe der Haustür zu drücken. Nun hat jeder einen Ausguck in Form seiner Handfläche. Wenn wir aus der Schule zurückkehren, ist alles wieder mit weißen Eisblumen ausgefüllt.

Unsere Lehrerin heißt Fräulein Gaffka und wir Mädchen mögen sie sehr. Wir stehen alle auf, wenn unsere Lehrerin den Klassenraum betritt. Auf ein Zeichen von ihr setzen wir uns wieder. Sitzbank und Schreibpult sind fest verbunden, wobei wir immer zu zweit auf einer Bank sitzen. Wir sind 18 Mädchen und 14 Jungen in unserer Klasse. Unser Raum liegt im ersten Stock, der Klassenraum meines Bruders im Erdgeschoss. Während ich die dritte Klasse besuche, geht mein Bruder in die erste Klasse.

Die Kleinen haben alle eine Schiefertafel, auf der Vorderseite sind Schreiblinien, auf der Rückseite Rechenkästchen. Zum Schreiben auf der Tafel braucht man Griffel, und für die dünnen Schreibgriffel hat mein Bruder einen länglichen hölzernen

Griffelkasten mit einem Holzdeckel zum Auf- und Zuschieben. An der rechten Seite der Tafel ist an einem Bindfaden ein kleiner Schwamm befestigt. Jedes Mal, wenn die Hausaufgaben nachgesehen sind, wird mit dem Schwamm die Tafel gesäubert. Auch wenn man sich verrechnet oder beim Schreiben einen Fehler gemacht hat, ist das Falsche schnell weggewischt.

Heute habe ich Lesen, Rechnen, zum Schluss noch Singen. Wir schreiben jetzt aber schon immer in richtigen Heften mit Bleistift oder auch mit Tinte. In unserem neuen Schreibheft haben wir gleich ein ungeübtes Diktat geschrieben. Ich hatte eigentlich ein gutes Gefühl, als die Hefte eingesammelt wurden. Heute haben wir das Diktat zurückbekommen, und ich bin schon ein bisschen enttäuscht, ich habe eine Drei. Vier Fehler habe ich gemacht, zwei Kommas einfach vergessen, die Satzzeichen wurden mit diktiert, und dann habe ich »Gadiene« genauso geschrieben, wie man es spricht. Das sind zwei »Z-Fehler« und zwei dicke »R-Fehler« in einem Wort. »Gardine« muss man sich merken, egal, wie es gesprochen wird.

Heute bekommen wir sechs Rechentürme als Hausaufgabe auf, außerdem Lesen üben im Sachkundebuch. Lesen kann ich schon, aber ich muss immer noch mit dem Zeigefinger unter den Zeilen mitgehen. Bei Texten, die ich kenne, brauche ich den Finger allerdings nicht mehr. Zusätzlich als Hausaufgabe kommt noch die Verbesserung des Diktats. Heute haben wir richtig viel zu tun mit den Schularbeiten.

Endlich können meine Freundin und ich auch nach Hause gehen. Wir machen uns nun auf den Heimweg. Wieder Mütze, Schal, Handschuhe und Mantel anziehen. Wir stapfen durch den knirschenden Schnee nach Hause. Heute Nachmittag hat meine Freundin Ditha keine Zeit für mich, sie ist mit Helga verabredet. Zu Helga möchte ich nicht mit, denn Helga will immer bestimmen, was wir machen. Außerdem will sie immer

Hinkebock[9] spielen, das kann sie auch so gut mit ihren langen Beinen. Ich finde es heute draußen für Hinkebock viel zu kalt.

Erst die Drei im Diktat, die vielen Hausaufgaben, dann auch noch die Absage meiner Freundin, manche Tage sind einfach nur zum Ärgern.

Mein Bruder, der eine Stunde früher Schulschluss hatte als ich, ist schon zu Hause. Wir beide sind immer hungrig und freuen uns auf das Mittagessen. Es duftet nach Weihnachtskeksen. Fängt Mama jetzt schon mit dem Backen an? Das macht sie eigentlich nie so zeitig, denn dann sind die Kekse bis Weihnachten längst aufgegessen.

Nein, das sind Bratäpfel, die so herrlich duften. Der Tag war bis jetzt so unangenehm und dann so eine schöne Überraschung. Oben in unserem grünen Kachelofen ist eine Messingtür, hinter der sich ein kleiner Schamott-Innenraum befindet. Heute garen hier ganz langsam unsere Bratäpfel. Vier Äpfel brutzeln auf einem Emailleteller. Das Kerngehäuse wurde vom Stängel aus großzügig mit einem Messer entfernt. In diese Höhlung wird bis zum Rand Erdbeermarmelade gefüllt und zum Schluss wird das Ganze noch reichlich mit Zucker und Zimt bestreut. Die Schale der Äpfel ist spiralförmig eingeritzt. Im Laufe der Garzeit schrumpelt die Apfelschale, überzogen von dem karamellisierten zuckrigen Obstsaft. Im Inneren des Apfels ist ein köstliches Apfelmus entstanden.

Jeder bekommt einen Bratapfel auf einem kleinen Teller serviert. Über diesen heißen Nachtisch wird noch kalte Vanillesauce gegossen. Nun wird das durch die Marmelade gesüßte und nach Zimt duftende Apfelmus mit Behagen langsam gelöffelt. Der tollste Nachtisch, den ich kenne! Und vorher gab es Makkaroni

---

9   Hinkebock ist ein Spiel, bei dem nummerierte Quadrate mit Kreide auf die Straße gemalt werden. In diese Felder muss man in einer bestimmten Reihenfolge hüpfen.

mit Tomatensauce, einfach so, an einem Tag mitten in der Woche. Ein richtiges Geburtstagsessen hat Mama heute gekocht.

Später am Nachmittag kommt auch noch meine Freundin Ditha zu mir. Sie hat sich mit Helga gestritten. Zunächst machen wir unsere Schularbeiten, das geht viel schneller als gedacht. Dann spielen wir den ganzen restlichen Nachmittag mit meiner Puppenstube. Wir häkeln sogar für die beiden klitzekleinen Püppchen einen Rock, dabei hilft Mama uns ein bisschen.

Ja, so geht das manchmal, manche Tage fangen schlecht an und werden dann immer schöner, und wie man das Wort »Gardine« schreibt, das merke ich mir, das passiert mir nicht noch einmal!

Die beste Glitschbahn

Es ist Mitte Dezember, und in diesem Jahr ist es außergewöhnlich kalt. Alle stehenden Gewässer sind tiefgefroren, das Eis trägt schon eine ganze Zeit. Auf der einen Seite des Mühlenteichs laufen einige Kinder Schlittschuh, aber das sind größere Kinder, und sie kommen auch nicht aus unserem Dorf.

Auf der anderen Seite des Sees haben wir eine richtig lange Glitschbahn angelegt. Ein paar Tage vorher war es extrem kalt, der See ist sehr schnell zugefroren. Die Eisfläche ist spiegelglatt, ohne Höcker, ohne eingefrorene Zweige und ohne Schnee. Ideale Voraussetzungen für eine perfekte Glitschbahn! Viele Kinder sind schon auf dem Eis.

Also, das geht so: Einige Meter Anlauf nehmen, dann mit beiden Füßen auf die Glitsche springen, glitschen, mit seitlich ausgestreckten Armen das Gleichgewicht finden, bis zum Ende gleiten und schließlich noch ein Stückchen auslaufen.

Alle müssen erst einmal eine ganze Weile anstehen, um zu glitschen, einer nach dem anderen. Auch wenn ein Kind stürzt, wartet man geduldig, bis die Glitschbahn wieder frei ist. Das Glitschen bringt so richtig Spaß und wir werden auch warm vom Herumtoben. Nach und nach wird es dämmrig, sodass immer mehr Kinder nach Hause gehen, und endlich bin ich allein mit meinem Bruder. Wir rennen, so schnell wie wir können, und wir genießen es, die Glitsche ganz für uns zu haben, so lange, bis wir richtig aus der Puste und erschöpft sind. Inzwischen ist es stockdunkel. Es ist höchste Zeit, wir müssen dringend nach Hause. In der Eile stolpere ich auch noch in ein Eisloch am Ufer des Sees.

Hoffentlich gibt es keinen Ärger wegen der nassen Füße. Mein Bruder war vorsichtiger, er hat das Loch im Eis beachtet.

Zu Hause ist es warm und gemütlich. Wir ziehen schnell alles Nasse aus und legen uns auf das Sofa neben dem Kachelofen, wobei wir die Füße an die warmen Kacheln halten. Mama hat schon in der Küche Abendbrot aufgedeckt. Mein Bruder und ich setzen uns dann auf unsere gemütliche Bank am Küchentisch und erzählen noch ein bisschen von unserer großartigen Rutschbahn. Heute ist es schon sehr spät, deshalb bekommen wir im Bett nur noch ein paar Seiten Robinson vorgelesen.

Die besiegten Meuterer waren an Händen und Füßen gefesselt. Jetzt wartete Robinson mit seinen neuen Freunden auf die Nacht. Als es so weit war, überwältigten sie die vollkommen überraschten Meuterer auf dem Schiff. Die Meuterer wurden gefangen genommen, der Kapitän war wieder Herr auf seinem Schiff. Dafür war er seinem Retter unendlich dankbar und versprach, Robinson und Freitag nach England zu bringen.

Am nächsten Morgen fällt mir das Aufstehen schwer, ich schlafe immer wieder ein. Mama ruft schon etwas ungeduldig. Als sie mich am Tisch sieht, meint sie, dass ich fiebrig aussehe. Tatsächlich, 38,5 Grad, das ist noch nicht so schlimm. »Gleich wieder ins Bett mit dir«, bestimmt Mama. »Wenn wir sofort kalte Wadenwickel machen, dann bist du übermorgen wieder gesund.« Doch trotz der Wickel steigt das Fieber im Laufe des Tages. Die kalten nassen Handtücher werden um die fieberheißen Waden gewickelt und bleiben dort, bis sie durchgewärmt sind, dann kommt der nächste nasse kalte Wickel, sehr unangenehm. Außerdem helfen Wadenwickel doch nie, aber Mama hofft es immer wieder.

Am nächsten Tag habe ich schon am Morgen hohes Fieber. Mit

dem Fieber kommen beängstigende Fieberträume. Die Wände wackeln und stürzen über mir zusammen. Übergroße Spinnen mit haarigen Beinen sind in meinem Bett, ich muss ganz an die Seite rutschen und ich kann überhaupt nicht schlafen. Bei länger anhaltendem hohem Fieber ist es nur durch eine Schwitzkur möglich, das Fieber zu senken, das weiß ich. Sonst gibt es nichts, so machen es alle in unserem Dorf. Nur mit der Belohnung von einem Zuckerei[10] lasse ich mich zu dieser Tortur überreden. Mein Bruder muss heute allein in die Schule gehen.

Nun wird auf dem Sofa mit zwei Federkissen und einer dicken Wolldecke ein Lager gebaut, außerdem kommt noch eine Wärmflasche unter die Kissen. Zum Schluss bringt Mama mir noch einen Becher mit heißem Holunderbeerensaft. Es dauert eine Weile, bis ich richtig ins Schwitzen gerate. Mama trocknet mir immer wieder die Schweißtropfen von der Stirn. Ich weiß nicht, wie lange ich schwitzen muss, doch endlich holt Mama eine Schüssel mit warmem Wasser. Alles Nasse wird ausgezogen, ich werde gewaschen und ziehe ein gewärmtes Nachthemd an. Ermattet krabbele ich in mein Bett und schlafe gleich ein. Keine gruseligen Fieberträume mehr. Tief und erholsam schlafe ich bis zum frühen Abend. Beim Aufwachen steht ein großer Becher mit Himbeersaft auf dem Tisch, ein paar kleine Häppchen schmecken auch schon wieder. Das Fieber ist gesunken, Mama ist erleichtert. Nun liest sie mir noch ein kurzes Märchen, »Die Sterntaler«, vor. Doch bis zu der schönen Stelle, wo es Sterne vom Himmel regnet, komme ich gar nicht mehr, da bin ich längst schon wieder eingeschlafen. Am nächsten Morgen bin ich wieder gesund, doch Mama meint, dass ich bei dieser klirrenden Kälte

---

10 Für dessen Zubereitung wird mit einem Schneebesen das Eiweiß steif geschlagen. Danach wird das Eigelb hinzugegeben, zum Schluss wird alles mit etwas Zucker durchgerührt.

auf keinen Fall nach draußen darf. »Wir müssen vorsichtig sein, denn sonst bekommst du einen Rückfall.«

Wenn mein Bruder oder ich eine Fieberattacke überstanden haben, dürfen wir im Wohnzimmer eine Höhle bauen. So auch heute. Ein Riesenspaß für uns beide! Über den runden Tisch werden zwei Wolldecken gelegt. So entsteht zwischen den Tischbeinen und den bis auf den Teppich herabhängenden Decken eine dunkle Höhle. Kissen und Puppengeschirr brauchen wir für die Innenausstattung unserer Höhle. Meine Puppe Lotte und der Teddy meines Bruders ziehen selbstverständlich auch mit in die Höhle ein. Alle normalen Vorschriften der Ordnung gelten jetzt nicht mehr, denn Mama ist sehr froh, dass es mir wieder so gut geht. Die neueste Taschenlampe wird ergattert, denn wir brauchen natürlich auch Licht in unserer dunklen Höhle. Bei dieser neumodischen Bakelit-Taschenlampe wird durch emsiges Betätigen eines Hebels Strom erzeugt, sodass die winzige Birne in der Taschenlampe schwach aufleuchtet. Das macht unsere dunkle Höhle so richtig geheimnisvoll.

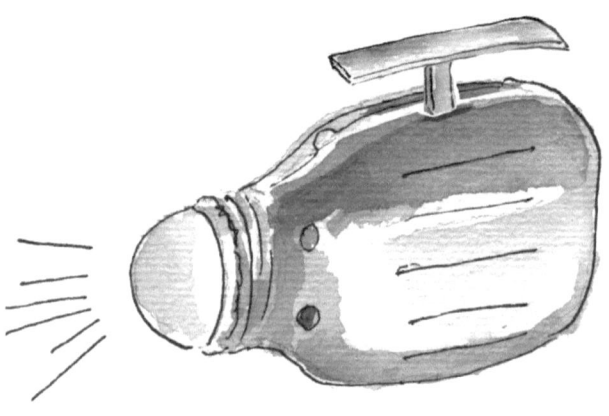

Am Abend wird uns beiden auch noch ein Zuckerei in der Höhle serviert. Langsam und genüsslich schlecken wir jeden Bissen dieser süßen schaumigen Leckerei.

Fieber zu haben ist auf keinen Fall schön, aber danach so viel Spaß zu haben und so verwöhnt zu werden, das ist doch ein sehr angenehmes Gefühl und ein erfreuliches Ende.

Vielleicht hat mein Bruder sich ja angesteckt.

Endlich Weihnachten

Das Fest, auf das man am längsten warten muss, ist Weihnachten. Dabei hat es unsere Familie noch besser als alle unsere Freunde, denn die freudenreiche, die festliche Weihnachtszeit fängt bei uns schon am 2. Dezember an. Dann hat nämlich unser Papa Geburtstag, und weil unser Vater in Frankfurt geboren wurde, backt Mama jedes Jahr zu seinem Geburtstag einen Frankfurter Kranz. Zuerst wird eine runde Sandtorte gebacken. Wenn die Sandtorte abgekühlt ist, wird sie zweimal durchgeschnitten und mit zwei Schichten echter Buttercreme gefüllt, danach wird der gefüllte Kranz auch von außen mit Buttercreme bestrichen. Zum Schluss werden noch über den ganzen Kranz klein geschnittene kandierte Mandeln gestreut. Oben auf den Kranz werden mit Buttercreme Blüten gespritzt, und in die Mitte jeder Blüte wird eine rote kandierte Kirsche gelegt, das sieht dann wie eine Krone mit roten Edelsteinen aus. Diesen Frankfurter Kranz gibt es nur einmal im Jahr, nämlich zu Papas Geburtstag, und er sieht hübsch aus, duftet herrlich und schmeckt unglaublich gut. Papa bekommt natürlich das erste Stück, und er verdreht jedes Mal die Augen, weil es so wunderbar schmeckt. Dazu gibt es richtigen Bohnenkaffee. Für meinen Bruder und für mich gibt es Kakao, und wir beide achten sehr darauf, dass wir ein Tortenstück mit einer roten Kirsche bekommen.

So erfreulich fängt bei uns die Adventszeit an. Gleich danach können wir uns auf den 6. Dezember, den Nikolaustag, freuen. Aber heute Abend wird uns erst einmal vorgelesen, es sind nur noch ein paar Seiten im Buch.

Die Insel war eine richtige Heimat für Robinson geworden.
Der Abschied fiel ihm sehr schwer, in der letzten Nacht auf
der Insel war er sehr traurig und bedrückt. Die Meuterer blie-
ben auf der Insel zurück. Robinson nahm seine Fellmütze, das
Tagebuch, den Papagei und seinen treuen Diener Freitag mit
auf die Reise nach London. In seiner Jugend hatte Robinson
in Brasilien eine kleine Plantage, die ein tüchtiger Verwalter
in seiner Abwesenheit gut geführt und sogar vergrößert hatte.
Jetzt verkaufte Robinson alles und war ein reicher Mann.

Nach dem Vorlesen singen wir beide im Dunklen das Nikolaus-
lied:

>»Lasst uns froh und munter sein
> und uns recht von Herzen freun,
> lustig, lustig tralalalala,
> bald ist Nikolausabend da,
> bald ist Nikolausabend da.«

Zusammen im Dunklen zu singen ist wunderschön, man sieht
sich nicht, dennoch fühle ich, dass mein Bruder lacht.

Nach einigen Tagen stehen unsere Stiefel auf dem Fensterbrett,
gefüllt mit Sahnebonbons, Himbeerbonbons, ein paar Keksen
und etwas Schokolade. Die Adventszeit ist bei uns duftend und
warm, voll gespannter Vorfreude. Aber bis Weihnachten ist es
noch endlos lang, noch 18 Türchen auf unserem Weihnachts-
kalender. Beim Weihnachtsbasteln in der Schule nähe ich für
Mama ein kleines Nadelheft aus Stoff. Außen sticke ich auf dem
roten Nadelheft mit weißen Kreuzstichen ein hübsches Muster.
Dieses kleine Nadelheft hat zwei Stoffseiten, in die man die großen und kleinen Nähnadeln stecken kann, um sie so sicher aufzu-
bewahren. Für Papa habe ich einen Untersatz für die Kaffeekanne

gehäkelt. In der Adventszeit haben wir auch ein festliches Weihnachtssingen in unserer Schule. An einem Winternachmittag versammeln sich die Klassen im großen Flur. Jede Klasse singt ein Weihnachtslied, wir singen »Süßer die Glocken nie klingen«. Zwei Adventskerzen brennen an dem oben an der Decke hängenden Tannenkranz, der mit großen roten Schleifen geschmückt ist. Es ist stimmungsvoll weihnachtlich.

Mama backt sehr viele Kekse, die werden in einer großen Keksdose aufbewahrt und weggestellt. Aber ein paar Kekse dürfen wir doch immer probieren. Das ganze Haus duftet so gut, wenn die Kekse gebacken werden, und sie schmecken noch viel besser, nach Zimt, Sirup und Nüssen. Auch Aniskekse und Stollen werden zu Weihnachten gebacken.

Im Winter essen wir oft Steckrüben mit fettem Schweinebauch oder auch Kartoffeln mit Specksauce als Mittagessen. Mama meint, dass man in der kalten Jahreszeit kräftige fette Speisen essen sollte, denn das hält warm. Meistens ist es ab Dezember draußen eiskalt. Wir Kinder mögen die deftigen Speisen sehr gerne. Am Sonntag gibt es manchmal Karbonaden mit einem dicken fettigen Rand. Ich bewahre mir den goldgelb gebratenen Speckrand bis zum Ende der Mahlzeit auf. Erst wenn ich das Gemüse und die Kartoffeln aufgegessen habe, beiße ich mit Vergnügen in den knusprigen Speckstreifen, das ist ein wundervoller Geschmack. Im Kachelofen werden in dieser Zeit manchmal Bratäpfel gegart. Die würzigen Äpfel duften köstlich. Es ist eine dunkle stimmungsvolle Zeit mit Kerzen und mit ungeduldiger Neugierde. Wenn die Adventszeit nur nicht so endlos lang wäre! In diesem Jahr weiß ich überhaupt nicht, was ich zu Weihnachten bekommen könnte, mein Bruder hat auch keine Ahnung.

Im Winter haben wir auch herrliche Spiele für draußen. Schneeballschlacht mag ich nicht so gerne, es tut richtig weh, wenn man von einem harten Schneeball am Kopf getroffen wird.

Aber Rodeln auf dem kleinen Hügel zwischen den Schrebergärten finden wir richtig gut, und einen Schneemann zu bauen bringt auch Spaß. Zwei kleine Kohlestückchen für die Augen, eine rote Karotte als Nase, biegsame Zweige für einen lachenden Mund und einen Kochtopf als Hut. Auch das Glitschen auf dem Mühlenteich ist ein Vergnügen, und viele aus unserer Schule sind am Nachmittag dort.

Wenn man dann durchgefroren ist, kann man sich drinnen auch gut mit dem Zigarettenspiel beschäftigen, ein recht aufregender Zeitvertreib. Man braucht dafür einen Stapel Zigarettenbilder, wir Kinder sammeln alle Zigarettenschachteln. Die Vorderseite der Schachtel ist das Zigarettenbild. Sehr viele Erwachsene rauchen, und es gibt unendlich viele Zigarettenmarken, Gold Dollar, Red Rock, Lux, Texas, R6, Fox, Astor, Peter Stuyvesant und noch viele mehr. Ich habe einen ganzen Stapel Zigarettenbilder und mein Bruder auch. Wir beide sitzen zusammen, in der Mitte werden die Zigarettenbilder abgelegt. Abwechselnd legt jedes Kind von seinem eigenen Stapel ein Bild auf den mittleren Stapel. Hat man das Glück, dass man das bereits auf dem mittleren Stapel liegende Bild darauflegen kann, dann hat man den ganzen mittleren Stapel gewonnen. Ein aufregendes Spiel, bei dem man viel gewinnen und auch schnell wieder alles verlieren kann. Aber am nächsten Tag gewinnt man wieder, was man am Vortag verloren hat.

Mein Bruder und ich haben noch sehr viel für Weihnachten zu tun. Wir bemalen einen Kalender, für jeden Monat ein Bild, jeder muss sechs Bilder bemalen, das ist eine ganze Menge Arbeit. Die meiste Mühe macht es, geeignete Motive für die einzelnen Monate auszuwählen. Für den Januar hat mein Bruder das Haus gezeichnet, von dem Mama schon so lange träumt. Ein eigenes Haus mit roten Dachziegeln, mit bunten Blumen im Vorgarten, durch einen Jägerzaun abgetrennt dahinter der Gemüsegarten.

Im Januar hat Mama nämlich Geburtstag. Auf das Kalenderblatt für den April habe ich grüne Osternester mit vielen bunten Eiern gemalt, dazu noch einen braunen Osterhasen, vorn auf meinem Bild ist noch ein kleiner Vogel auf dem Rasen zu sehen. In diesem Jahr ist uns wirklich ein sehr hübscher Kalender gelungen. Mama hat in dieser Zeit auch viel zu tun. Wenn wir im Bett liegen, dann hören wir die Singer-Nähmaschine noch lange rattern. Zum Vorlesen hat Mama jetzt nicht jeden Abend Zeit, sodass uns heute Papa vorliest.

Freitag hat sich schnell an das Leben in England gewöhnt. Einmal noch unternahm Robinson die weite Reise zu seiner Insel. Er brachte den Meuterern, die inzwischen friedliche Einwohner geworden waren, Schaufeln, verschiedene Werkzeuge, viele Samen und einige Haustiere. Seine Insel wurde eine richtige Siedlung und den Bewohnern sollte es an nichts fehlen. Nach vierwöchiger Seereise kehrte Robinson nach England zurück. Er verließ seine Vaterstadt York nie mehr und war für sein abenteuerliches Leben dankbar und zufrieden.

Mein Bruder und ich sind sehr froh, dass Robinson am Ende wieder zu Hause ist.

Und plötzlich sind es nur noch zwei Tage bis Weihnachten. Ich sticke bis zum späten Abend an meinem Nadelkissen und mein Bruder bemalt noch sein letztes Kalenderblatt für den Dezember. Aber morgen ist ja auch noch ein Tag, außerdem sind Weihnachtsferien, sodass wir den ganzen Tag Zeit haben, um unsere Weihnachtsgeschenke fertig zu machen.

Am Morgen des Heiligen Abends haben wir es geschafft, hurra, wir beide sind fertig, alle Geschenke sind hübsch eingepackt. Jedes Jahr dieses Gehetze vor Weihnachten.

Mittags am Heiligen Abend gibt es bei uns immer die

Kindlein-Jesus-Suppe. Das ist eine sämige Reissuppe, die man mit Zucker und Zimt bestreut. Für den Abend bereitet Mama den Kartoffelsalat zu, dazu gibt es Würstchen. Unsere Geschenke liegen bereit – und nun beginnt das Warten. Vom Nachmittag an dürfen wir nicht mehr in die Wohnstube, die jetzt das Weihnachtszimmer ist. Papier raschelt, es rumpelt im Weihnachtszimmer, Kohlen werden in den Kachelofen geschüttet, und es dauert, es dauert, es dauert, also in diesem Jahr dauert es wirklich ewig lange. Wir beide sind schon festlich gekleidet, meine Zöpfe sind mit roten Schleifen zusammengebunden, mein Bruder ist ordentlich gekämmt und er hat ein bisschen von der angenehm duftenden Pomade im Haar.

Nach stundenlangem Warten hören wir schließlich ein zartes Glöckchen klingeln und dann macht Papa die Tür zum Weihnachtszimmer auf. Eine große Tanne mit einem glitzernden silbernen Kleid, Lametta auf allen Zweigen. Die Kerzen am Baum sind angezündet und spiegeln sich in den silbrigen Weihnachtskugeln. An der Tannenspitze krönt ein filigraner silberner Stern das Ganze. An den Zweigen hängen zwischen dem Weihnachtsschmuck auch noch Fondant- und Schokoladenkringel. Die Tanne verströmt in der Wärme des Raumes einen wunderbar harzigen Geruch, vermischt mit dem süßen Duft der Kringel, dazu das sanfte Licht der brennenden Kerzen. Unter dem Baum liegen unsere Geschenke, die wir unauffällig zu entdecken versuchen. Ich habe sofort das Puppenzeug erblickt, einen kleinen blauen Mantel, dazu blaue Puppenstrümpfe. Auf der Seite meines Bruders kann ich einige Eisenbahnschienen sehen. Aber jetzt singen wir erst einmal das Weihnachtslied.

»Oh Tannenbaum, oh Tannenbaum,
wie grün sind deine Blätter.
Du grünst nicht nur zur Sommerzeit,
nein, auch im Winter, wenn es schneit.
Oh Tannenbaum, oh Tannenbaum,
wie grün sind deine Blätter.«

Wir brauchen nur die erste Strophe zu singen, sonst wäre es auch viel zu aufregend für meinen Bruder und für mich.

Auch die längste Zeit des Wartens geht einmal vorbei, endlich dürfen wir zu unseren Geschenken gehen. Ich bin so froh, dass ich endlich einen Mantel für meine Puppe Lotte bekommen habe, denn draußen liegt hoher Schnee und es ist bitterkalt. Doch die größte Überraschung für mich, das habe ich beim Singen gar nicht erkennen können: Unter dem Puppenmantel steht ein Puppenherd, das ist eine riesengroße Freude für mich. Ein richtiger kleiner Puppenherd mit einer Feuerstelle und mit einem Hindenburglicht[11] darin. Dazu noch eine kleine Bratpfanne und ein kleiner Kochtopf. Damit habe ich überhaupt nicht gerechnet, ich freue mich unheimlich. Auch mein Bruder freut sich schon die ganze Zeit, denn er hat den Tunnel für seine Eisenbahn bekommen, den er sich schon so lange gewünscht hat. Vergnügt sitzt er mit Papa auf dem Teppich, und die beiden bauen die Eisenbahnschienen zu einem Kreis zusammen. Derweil fange ich an zu kochen. Vorsichtig zünde ich das Hindenburglicht in der flachen Pappschale an und stelle es in die Feuerstelle im Puppenherd. Zuerst koche ich Marmeladensuppe mit Kekseklößchen, danach koche ich noch einen kleinen Rest der Reissuppe. Mein Bruder liegt inzwischen auf dem Teppich und versucht die klitzekleinen Räder der Lokomotive auf die Schienen zu stellen, was

---

11 Dies ist eine kleine, mit Wachs gefüllte Pappschale mit zwei Dochten als Lichtquelle.

ihm auch nach einiger Zeit gelingt. Auf einem kleinen schwarzen Kasten drückt er einen Knopf, und die Lokomotive setzt sich Bewegung. Begeistert betrachten Papa und mein Bruder, wie die Lokomotive mit einem Waggon auf dem Schienenkreis vorwärts und rückwärts zuckelt und mit Beleuchtung durch den dunklen Tunnel fährt.

Wir beide spielen, zwischendurch naschen wir, für meinen Bruder und für mich wieder ein wunderbares Weihnachtsfest. Etwas später am Abend kommen wir erst zum Weihnachtsessen, Kartoffelsalat und Würstchen. Papa schüttet noch eine Ladung Kohlen in den Kachelofen, damit es den ganzen Abend mollig warm bleibt. Nach dem Essen bekomme ich von Mama eine gekochte Kartoffel. Auf meinem neuen Puppenherd brutzelt die Butter schon in der kleinen Pfanne. Die Kartoffelscheiben werden goldgelb gebraten und sie schmecken köstlich. Mein Bruder bekommt auch etwas auf einem Puppenteller serviert. Wir beide haben außerdem noch ein neues Buch zum Vorlesen bekommen. Es heißt »Ruf der Wildnis« und auf dem Buchumschlag ist ein großer Hund. Vielleicht ist das Buch genauso spannend wie das Robinsonbuch. Mein Bruder und ich spielen den ganzen Abend, und wir merken überhaupt nicht, wie die Zeit vergeht. Zum Schluss werden noch einmal die Kerzen angezündet. Danach gehen wir alle schnell ins Bett. Sich so viel zu freuen und den ganzen Abend zu spielen, das macht auch müde.

Am nächsten Morgen wache ich schon sehr früh auf. In der Dunkelheit tappe ich zur großen Küchenuhr in die Küche. Erst einmal den schwarzen Drehschalter neben der Tür umdrehen, knack, Licht an.

Es ist 5.00 Uhr – und ich bin hellwach. Im Halbschlaf hat Mama gemurmelt, dass ich schon spielen darf. Aber es ist so kalt in der Stube. Der Tannenbaum duftet nach Harz, nach Wald und ausgepusteten Kerzen. Papa hat gestern vor dem Schlafengehen ein Brikett, fest in ein paar Zeitungen eingewickelt, in die Glut vom Kachelofen gelegt. Heute muss ich nur mit dem Schüttelrost ordentlich rütteln, dann fällt die Asche in den unteren Aschkasten. Im Ofen bleiben ein paar glühende Kohlenstückchen, darauf lege ich jetzt vorsichtig trockenes Holz. Wenn das richtig brennt, dann kommen Eierkohlen darauf. Aber es dauert sehr lange Zeit, bis die Kohlen durchgeglüht sind. Und so lange hocke ich mit Mantel und Mütze, außerdem in eine Wolldecke eingewickelt, auf dem Sofa. Ganz langsam wird es etwas wärmer. Das Hindenburglicht in meinem Puppenherd darf ich erst anzünden, wenn Mama oder Papa aufgestanden sind. Meine Finger sind zwar noch klamm, aber ich fange schon einmal mit einem Obstsalat für meine Puppen an. Ein paar Rosinen, ein paar Nüsse, ein Stückchen Apfel und ein paar Mandarinenspalten, alles klein schneiden und in einer Glasschale vermischen.

Inzwischen ist auch Mama aufgestanden, und heute gibt es natürlich ein Sonntagsfrühstück mit gekochtem Ei, mit echtem Kaffee und heißer Honigmilch für uns.

Nach dem Frühstück gehen wir zu unseren Freunden, um deren Tannenbaum zu bestaunen und mit deren Geschenken zu spielen. Meine Freundin Ditha hat nicht eine Puppenstube, sondern ein ganzes Puppenhaus zu Weihnachten bekommen. Die vordere Wand vom Puppenhaus fehlt, sodass man in alle Zimmer blicken kann. Wirklich niedlich, der kleine gedeckte Puppentisch mit dem winzigen Geschirr und das Schlafzimmer mit den klitzekleinen Bettchen und dem bunten gehäkelten Teppich! Außerdem hat Ditha auch noch ein paar Stelzen zu Weihnachten bekommen. Aber Stelzenlaufen kann man eigentlich besser draußen, wenn das Wetter besser ist. Meine Freundin ist auch schon heftig gestürzt, weil sie sich mit einem Stelzenstab in den Fransen des Teppichs verheddert hat. Jetzt hat ihre Mutter die Stelzen erst einmal weggestellt. Deshalb spielen wir nun das neue Schwarzer-Peter-Spiel. Hoffentlich behalte ich nicht den Schwarzen Peter, das würde mich ärgern. Nachdem wir zum Schluss auch noch einen Kringel von dem bunten Tannenbaum bekommen haben, gehen wir anschließend zu Uwe und Heidi.

Ich bin richtig neugierig auf ihre Weihnachtsgeschenke. »Kommt schnell rein, draußen ist es so schrecklich kalt«, sagt deren Tante Martha, die uns die Tür geöffnet hat. Bei Uwe und Heidi wohnt die ganze große Familie, zusammen mit den Großeltern und Tante Martha. Im Zimmer vom Opa steht ein großes Aquarium mit vielen bunten Fischen. Ein paar Zebrafische mit spitzen dreieckigen Flossen gleiten durch das Wasser, außerdem noch ein paar kleine blaue Fische. Der schönste Fisch ist ein roter Goldfisch, mit langen wallenden Schleierflossen, der langsam durch die hin und her wedelnden Wasserpflanzen schwebt.

Im Wohnzimmer steht der große Tannenbaum von Heidi und Uwe. Geschmückt ist er mit sehr viel lockigem Engelshaar, das an den Zweigen hängt, dazwischen noch etwas Lametta und viele Kugeln und Kerzen. Eine alte Spieluhr lässt sanft im Hintergrund das Lied »Stille Nacht« erklingen.

Heidi hat einen silbernen Ring mit einem glitzernden roten Edelstein bekommen und auf diesen Ring ist sie sehr stolz. Außerdem hat sie noch einen Handarbeitskorb mit zwei Lagen Wolle und eine Häkelnadel bekommen. Die neue Wolle muss erst zu einem Knäuel aufgewickelt werden, ehe man sie verwenden kann. Einer muss den Wollstrang mit ausgebreiteten Händen vor sich halten, dann kann Heidi den Wollanfang suchen und die Wolle zu einem Knäuel aufwickeln. Erst danach kann man mit der Wolle stricken oder häkeln. Aber jetzt haben wir dafür keine Zeit.

Uwe hat einen Stabilbaukasten mit Anleitung zum Bauen bekommen. Der Kasten enthält viele silberne Zahnräder, gelochte

Eisenplatten, lange und kurze Eisenstangen und eine Menge Schrauben, Muttern und Stifte. Damit kann Uwe eine Maschine erfinden und bauen. Ich glaube, man kann damit sogar eine Nähmaschine bauen. Außerdem hat Uwe noch einen großen Kasten mit sehr vielen Buntstiften bekommen, weil er so gerne malt. Eine dicke Wollmütze gab es auch noch, aber die hat er sich überhaupt nicht gewünscht, erzählt er uns leise. Uwe hat schon eine Schubkarre gebaut, die sieht genau so aus, wie auf der Anleitung abgebildet. Auf dem Küchentisch sind sehr viele Einzelteile des Stabilbaukastens ausgebreitet, und jeder darf versuchen, damit etwas anzufertigen. Das ist gar nicht so einfach, ich werde versuchen, einen Tisch zu bauen. Und so überlege ich lange und probiere, wie ich am besten die Tischbeine befestigen kann.

Als es draußen dunkel wird, gibt Tante Martha uns noch einen Keks und wir beide werden nach Hause geschickt. Das war wieder ein richtig lustiger Spieltag. Wir haben es nicht weit, unser Haus liegt schräg gegenüber auf der anderen Straßenseite. Weihnachten ist bestimmt das allerschönste Fest im Jahr.

Am zweiten Weihnachtstag gehen wir zu Renate und Hans-Jürgen, die noch zwei kleinere Geschwister haben. Deshalb hat die Familie einen kleinen Tannenbaum, der auf einem niedrigen Tisch steht, damit die Kleinen nicht so nah an den Tannenbaum mit den brennenden Kerzen rankommen können. Sonst sieht deren Baum aber fast genauso aus wie unserer. Sehr viel Lametta auf den Zweigen und noch ein paar kleine rote Äpfel dazwischen.

Renate hat eine Kinderpost bekommen, mit Briefpapier, Umschlägen, Formularen und ganz vielen unterschiedlichen winzigen Briefmarken, die Notopfer-Berlin-Marke ist natürlich auch dabei. Poststempel und Stempelkissen gibt es ebenfalls, sodass jede Briefmarke abgestempelt wird, bevor der Brief in einen kleinen Kasten geworfen wird. Damit bringt das Spielen auf jeden Fall riesigen Spaß. Hans-Jürgen hat außerdem noch einen großen

Kasten mit schwarz-weißen Dominosteinen unter dem Weih-nachtsbaum gefunden. Zum Schluss muss es unbedingt noch eine Runde mit den neuen Dominosteinen geben. Wenn man Domino zu viert spielt, dann bringt es viel mehr Spaß als zu zweit. Jeder bekommt einen Stapel Steine, die je zur Hälfte mit Punk-ten in unterschiedlicher Anzahl bedruckt sind. Der Reihe nach kann man anlegen, aber man darf nur Steine aneinanderlegen, deren eine Hälfte jeweils die gleiche Augenzahl hat. Wer zuerst alle seine Dominosteine abgelegt hat, der hat gewonnen. Oft ent-stehen merkwürdige Dominoketten, die Steine liegen einmal wie ein Fragezeichen, beim nächsten Mal wie eine Schnecke, jedes Mal anders. So spielen wir mit unseren Freunden jeden Tag vom Morgen bis zum Abend, immerzu.

Spielen, naschen, lachen, spielen, naschen, toben, herrliche Weihnachtszeit! Die ganze Woche geht es so, bis Silvester.

Als wir beide heute nach unendlich langem Spiel nach Hause gehen, da ist es bereits dunkel und der Mond steht schon am Himmel. Der Fußweg ist verschneit und an beiden Seiten ist ein Wall von Schnee, der im Mondlicht glitzert. Die Mäntel werden angezogen und sorgfältig zugeknöpft, die Mütze tief in die Stirn gezogen, darüber der Schal gewickelt, dann die Hände mit den Handschuhen in die Taschen gesteckt, so machen wir uns auf den Heimweg, denn es ist klirrend kalt. Bei jedem Schritt knirscht es im frostigen Schnee.

Wir beide müssen ein ganzes Stück die Straße runtergehen bis zu unserem Haus.

Silvester mit Papa Heuss

Silvester ist der letzte Tag dieses erlebnisreichen Jahres. Eigentlich ist es ein Tag wie jeder andere, aber zugleich doch irgendwie besonders. Obwohl Silvester in diesem Jahr auf einen Mittwoch fällt, ist alles wie an einem Sonntag, mit Bohnenkaffee, Kakao und Frühstücksei.

Silvester riecht es bei uns immer nach Hefe, denn Mama backt am letzten Tag des Jahres Berliner Pfannkuchen. Wichtig beim Backen mit Hefe ist es, dass alle Zutaten und sogar die Schüssel zum Vermischen angewärmt sein müssen, erklärt uns Mama. Die Mischung wird behutsam zu einem dicken Hefekloß geknetet, dieser Kloß wird in der gewärmten Schüssel mit einem Geschirrtuch abgedeckt und in eine mollige Ecke zum Aufgehen gestellt.

»Niemand darf laut husten und keiner darf ein grimmiges Gesicht machen, sonst erschreckt sich der Hefekloß«, lästert Papa, und er verlässt auf Zehenspitzen leise kichernd die Küche. Ich weiß nicht genau, ob Papa einen Berliner Pfannkuchen abbekommt, obwohl er die doch so gerne essen mag.

Nach einiger Zeit ist der Hefekloß zu doppelter Größe aufgegangen, weich und luftig. Als Nächstes werden kleine Portionen zu Kugeln gerollt und in einer Ochsenaugen-Pfanne[12] in heißem Öl goldbraun gesiedet, erst die untere Hälfte, danach wird die Kugel gedreht und dann die obere Hälfte gebräunt. Anschließend wird mit dem Sahnespritzbeutel Marmelade in das Innere der Kugel gefüllt. Zum Schluss wird der kugelige

---

12 Dies ist eine gusseiserne Pfanne mit sieben halbkugelförmigen Vertiefungen.

Pfannkuchen in Zucker gewälzt. Sieben Augen, also Kuhlen, hat die Ochsenaugen-Pfanne, und recht schnell hat Mama eine große Schüssel voll von diesen appetitlichen Pfannkuchen gebacken.

Nach dem Mittagessen sollen mein Bruder und ich uns eine Stunde hinlegen, damit wir heute lange aufbleiben können, ohne müde zu sein. Wir legen uns in unsere Betten, aber natürlich können wir nicht einschlafen, dazu ist alles viel zu aufregend.

Heute hat es wieder heftig geschneit. Papa schaufelt einen Weg um unser Haus frei, auch auf dem kleinen Hof hinter unserem Haus wird der Schnee zur Seite geschoben. Im Sommer laufen auf unserem Hof ein paar Hühner herum, die in dem kleinen Anbau ihre Nester zum Eierlegen haben.

Jetzt ist alles für den Jahreswechsel vorbereitet. Mit Feuer und Radau sollen um Mitternacht die bösen Geister, alles Garstige und Schlechte vertrieben werden. An dem dicken Tannenstamm hinter unserem Haus hat Papa einen Nagel eingeschlagen. Dort wird das Feuerrad angebracht. Danach kommt Papa noch einmal in die Stube, um sich aufzuwärmen, draußen ist es bitterkalt.

Wir essen zusammen von dem roten Heringssalat, schmeckt richtig lecker nach den vielen süßen Berliner Pfannkuchen.

Das Radio läuft bei uns immerzu und an Silvester natürlich auch. Die Nachrichten werden oft von unseren Eltern etwas lauter gedreht. Bei einigen Sendungen hören auch wir Kinder genauer hin, doch häufig nehmen wir die Sendungen nur als begleitende Geräusche im Hintergrund wahr. Stimmungsvolle Musik, Lieder oder Schlager, die wir kennen und oft auch mitsingen. Sprecher, deren Stimmen uns vertraut sind, und die vielen Informationen, die für meinen Bruder und für mich nicht so wichtig sind. Am letzten Tag des Jahres gibt es ein heiteres Programm mit viel Musik und lustigen Erzählungen, zwischendurch immer wieder die Nachrichten. Was unsere Eltern auf jeden Fall hören wollen, das ist die Neujahrsansprache von unserem Bundespräsidenten

Professor Theodor Heuss. Um 19.00 Uhr ist es so weit, Papa dreht etwas lauter und Mama rutscht mit ihrem Stuhl näher an den Radioapparat, damit sie jedes Wort verstehen können. Der Bundespräsident spricht etwas langsam, so wie unser Rektor in der Schule. Er hat eine tiefe, freundliche Stimme. Uns beide interessiert diese Neujahrsansprache nicht so, aber natürlich sind wir sehr leise.

»Das hat unser Papa Heuss sehr gut gemacht, auch in diesem Jahr hat er wieder die richtigen Worte gefunden«, erklärt Papa danach, und Mama nickt.

Es gibt einen sehr bekannten Schlager, der klingt, als würde sich der Sänger die Nase zuhalten. Diesen Schlager stimmt Papa nun an:

>»Der Theodor, der Theodor,
>der steht bei uns im Fußballtor,
>wie der Ball auch kommt,
>wie der Schuss auch fällt,
>der Theodor, der hält, der hält.«

»Beruhigend, so jemanden in schwieriger Zeit im Tor stehen zu haben«, sagt Papa. Mama und Papa trinken heißen Glühwein. Für meinen Bruder und für mich gibt es heißen Holunderbeerensaft, der sieht genauso aus wie Glühwein, und wir stoßen damit auf einen lustigen Silvesterabend an. Nur nicht zu stürmisch anstoßen, denn der Holunderbeerensaft macht heftige Flecken.

Papa hat reichlich Kohlen in den Kachelofen geschüttet, keine Eierkohlen oder Briketts, die brennen zu schnell weg, sondern groben Koks, der langsam und ausdauernd glüht und das ganze Haus angenehm warmhält.

Wir spielen heute alle zusammen, sogar Mama muss jetzt nicht Strümpfe stopfen oder irgendetwas flicken. Als Erstes spielen wir Quartett der wilden Tiere. Durch entsprechende Fragen bei einem der Mitspieler sammelt man vier Karten von einer Tierfamilie zusammen. Der Spieler, der am Ende des Spiels die meisten Tiergruppen gesammelt hat, hat gewonnen. Es ist wichtig, dass man sich genau merkt, bei wem nach welchem Tier gefragt wurde. Das bringt Spaß.

Danach spielen wir noch »Fang den Hut«. Das ist ein Würfelspiel, bei dem man etwas Glück braucht, um zu gewinnen. Papa spielt, ohne sich groß anzustrengen, und holt sich dennoch ein spitzes Papphütchen nach dem anderen. Derjenige, der zum Schluss die meisten bunten Hütchen gefangen hat, hat gewonnen. Ich ärgere mich immer ein bisschen, wenn wieder eines von meinen Hütchen gefangen wird, und ich glaube, dass ich dieses Spiel noch nie gewonnen habe. Zum Schluss gewinnt tatsächlich Papa.

Verflixt, es ist nicht zu glauben, wie schnell die Zeit beim Spielen vergeht. Schaffen wir es, noch eine Runde Domino zu spielen? Mama meint, dass das zu hektisch wäre, denn die letzte Stunde vor Mitternacht ist schon angebrochen.

Vier Sektgläser stehen bereits auf dem Tisch. Papa holt schon die gekühlte Flasche aus dem Keller und öffnet sie, für meinen Bruder und für mich gibt es Birnensaft mit etwas Wasser. Jetzt sind es noch zehn Minuten bis zum neuen Jahr. Papa gießt den Sekt ein, Mama mischt für uns den Kindersekt, das Radio ist jetzt sehr laut gestellt, jede Minute wird nun angesagt: fünf … vier … drei … zwei … eine … jetzt noch zehn Sekunden … »Prost Neujahr!«

Das neue Jahr hat angefangen und wir stoßen an auf ein glückliches neues Jahr. Papa gibt Mama einen Kuss, danach werden die Gläser geleert, und im Radio läuten die Glocken vom Kölner Dom.

Dong, dong, dong, dong,

tief bis ins Innere geht das dunkle Dröhnen der Glocken, und wir sind alle sehr still; auch als das Läuten der Glocken beendet ist, sitzen wir alle noch eine Weile etwas ergriffen am Tisch.

Doch jetzt nimmt Papa seinen braunen Hut, den mit der breiten Krempe, dann steckt er eine Schachtel Streichhölzer in seine Jackentasche und den Pappkasten mit dem Feuerrad nimmt er in die Hand. Unser Papa zieht nie Handschuhe an, er meint, das braucht er nicht, weil seine Hände immer warm sind. Mein Bruder und ich ziehen uns sehr dick an, Mantel, Mütze, Schal und Handschuhe, dann nehmen wir unseren Lurchi-Salamander-Schuhkarton, in dem unsere Knallerbsen, Wunderkerzen und bengalischen Hölzer sind. Als wir um unser Haus herumgehen, knirscht es bei jedem Schritt. Der Mond beleuchtet hell den bläulich glitzernden Schnee, die vielen Sterne flimmern und funkeln in der kalten Nacht.

Alles um uns herum ist sehr still, und jetzt krachen sie richtig laut, unsere Knallerbsen. Unsere Wunderkerzen brauchen immer etwas länger, bis sie anbrennen, aber dann spritzen sie silberne Sterne nach allen Seiten, und wenn sie abgebrannt sind, glüht der Draht noch eine Weile, und man muss höllisch aufpassen, dass man sich zum Schluss nicht noch die Finger daran verbrennt. Mein Bruder und ich stecken einige der brennenden Wunderkerzen in den weißen Schnee, das sieht märchenhaft aus, wie die silbernen Sterne in den weißen Schnee spritzen. Schließlich brennen wir auch noch die bunten bengalischen Streichhölzer ab, die den Schnee grün und rot färben.

Nachdem wir unser ganzes Feuerwerk abgebrannt haben, sind wir beide vollkommen durchgefroren, unsere Hände sind steif vor Kälte. Papa schickt uns zum Aufwärmen in die warme Stube. In der Wärme schmerzen meine Fingerspitzen und in den Händen kribbelt es, und es dauert eine ganze Weile, bis wieder Gefühl in den Händen ist. Weil es heute Nacht so extrem kalt ist, meint Mama, dass wir uns das Feuerrad, die Krönung unserer

Geistervertreibung, vom Schlafzimmerfenster aus ansehen sollen. Wir stellen uns beide einen Stuhl vor das Fenster und knien uns darauf. So können wir die Tanne mit dem Feuerrad, das an einem Nagel hängt, richtig gut sehen. Wir beobachten genau, wie Papa vorsichtig mit einem Feuerzeug die Zündschnur des Feuerrads ansteckt und dann schnell zur Seite geht. Zunächst zischt und spritzt das Rad, dann fängt es langsam an, sich um den Nagel zu drehen, einen Moment stockend, doch dann immer schneller und schneller. Es sprüht Funken und Blitze nach allen Seiten, in alle Richtungen, zum Schluss sieht das rotierende Feuerrad wie eine silberne, funkelnde Sterne spritzende Sonne aus. Was für ein glanzvoller Abschluss unserer Geistervertreibung! Alles Böse ist geblendet, vertrieben und davongejagt.

Heute Nacht sind wir beide so müde, heute gehen wir ohne Vorlesen gleich ins Bett. Eine kleine Weile vor dem Einschlafen bleibt noch zum Träumen von unseren Weihnachtsgeschenken und von der märchenhaften Silvesternacht, der Nacht der Hoffnungen, der guten Vorsätze und Illusionen und auch der Dankbarkeit.

Auf ein gutes neues Jahr.

Dank

an meine Lektorin Anke Schild,

an Agnes von Beöczy, die die Illustrationen und das Cover gestaltet hat,

und an Angela, Günter und Stefan, ohne die ich die digitalen Herausforderungen nicht gemeistert hätte.